루케미아

틴틴 다락방 · 1

루케미아, 루미

ⓒ 백승남 2011

초판 1쇄 발행 2011년 2월 28일 **2쇄 발행** 2012년 5월 31일

지은이 백승남 | **펴낸이** 이기섭 | **기획편집** 박상육 김성은 염미희 최연희 | **디자인** 신용주
마케팅 조재성 성기준 정윤성 한성진 | **관리** 김미란 장혜정

펴낸곳 한겨레출판㈜ www.hanibook.co.kr | **주소** 서울시 마포구 공덕동 116-25 한겨레신문사 4층
전화 02)6383-1602~3 | **팩스** 02)6383-1610 | **출판등록** 2006년 1월 4일 제313-2006-00003호

ISBN 978-89-8431-450-4 43810

루케미아 루미

백승남 글

틴틴
한겨레

그 아이를 보았다.

중환자실 불투명 유리문 앞을 어른 몇이 서성거리는데 여자아이가 하나 끼어 있었다. 흠칫, 그 자리에 섰다.

"설마……."

돌아보았을 땐 사라지고 없었다. 닫힌 문에서 눈을 떼지 못하는 아저씨, 기도하듯 두 손 모은 아줌마, 초조하게 왔다 갔다 하는 아가씨 사이 그 자리만 비어 있다. 묵묵히 바닥만 내려다보는 사람, 문 앞을 바삐 지나쳐 가는 사람들 속에도 없다. 여자아이라곤 그림자도 없다.

싸늘한 냉기가 나를 훑고 갔다. 머리끝까지 오싹했다. 병실에 이어 두 번째다.

"루미가? ……말도 안 돼."

1부

울보 아이

무균실을 벗어나 소아청소년과 병동으로 돌아왔다.

"어머나! 강이 왔네!"

"어서 와! 고생 많이 했지?"

다시 돌아온 나를, 간호사들은 물론 수간호사까지 두 손 들어 환영해주었다. 내가 무균실로 옮겨 가던 날은 다들 한 줄로 서서 전쟁 나가는 군인 떠나보내듯 "이식 잘하고 와!" 하며 배웅했었다.

병동에 하나 있는 항암 병실은 2인실인데, 그사이 발병했다는 아람이가 내 침대를 차지해버렸다. 마침 수정이가 일주일 예정으로 입원한 덕분에 둘이 같이 옆 병실로 들어갔다. 그래서 소아청소년과 병동에 항암 병실 하나가 더 생겼다.

병실 문을 연 순간 창밖의 초록 물결을 보고 내 마음도 덩달아 물결을 쳤다. 하얀 벗꽃잎 떨어져 눈처럼 날리고 그 자리에 연둣빛

새 이파리 막 돋던 무렵 병동을 떠났는데, 그 잎들이 무성하게 자란 데다 주변에 초록 단풍잎, 붉은 단풍잎, 초록 버들잎들까지 어우러져 넘실거렸다. 모든 게 새롭고 싱그러웠고 하늘까지 예쁜 파란색이었다.

"난 창 쪽 자리 별로 안 좋아하는데."

"왜?"

"밤에 귀신이 들여다볼 것 같거든."

"그래? 그럼 오빠가 창 쪽으로 갈게."

어처구니가 없지만 동생한테 양보한다는 표정을 지어 보이고, 속으로는 쾌재를 불렀다. 전에 있던 옆 병실보다 한결 마음에 들었다. 창문만 열면 초록 나뭇잎들이 파도처럼 내게 덮쳐올 것 같았다. 3층이 현관층인 병원 건물 덕에 5층 병실 창밖으로 손을 내밀면 늘어진 나뭇가지며 이파리가 닿을 듯했다.

해 질 녘엔 소나기가 지나갔다. 창밖 나뭇잎마다 오롱조롱 작은 물방울들이 맺혀 구슬처럼 반짝였고, 비 갠 하늘은 세상 끝에서부터 몰려온 듯한 구름으로 가득해, 르네상스시대 유명 화가가 그렸다는 〈천지창조〉의 그 하늘처럼 멋지고 근사했다. 무균실에서는 한 번도 볼 수 없던 광경이다. 볼수록 가슴이 설레었다. 이제부터 새롭게 펼쳐질 내 생활만큼이나.

일주일 뒤, 수정이가 퇴원한 자리로 한 여자아이가 들어왔다.

"황루미?"

이름을 처음 들었을 때 웃고 말았다. 열한살짜리 여자애 이름이라니. 동배라는 이름만큼이나 독특하고 촌스럽고 웃겼다. 딸 셋 낳은 뒤 늦둥이로 얻은 귀한 아들이라 '동쪽의 보배'라는 뜻으로 지었다는 옆 병실의 동배.

"내가 만화를 무지 좋아하거든요. 일본 만화 주인공 이름이에요. 고1 때 수업시간마다 책상 밑에 숨겨놓고 스무 권을 독파했다니까요. 주인공한테 빠져서, 이담에 딸을 낳으면 꼭 루미라고 지어야지, 맘먹었어요."

루미 입원한 다음날 루미 엄마가 우리 엄마한테 한 말이다.

"예쁜 이름이네요."

어이가 없어 엄마를 보았다. 정말 그리 생각하는지, 맞장구쳐주느라 말한 건지 표정만으론 알 수 없었다.

'예쁘긴 개뿔! 놀림받기 딱 좋은 이름이구만.'

"그 만화 보다 선생님한테 걸려 출석부로 머리 맞은 적도 있다니까요."

루미 엄마야말로 만화 주인공 같았다. 명랑한 표정에 볼은 사과처럼 발그레하고, 노랗게 물들인 머리칼을 양 갈래로 나눠 리본으로 묶은 모습은 아이 엄마라기보다 아가씨나 대학생처럼 보였다. 우리 엄마는 꿈도 못 꿀 가슴이 푹 파인 셔츠를 입고, 목에는 은색

달 목걸이를 귀에는 커다란 링 귀고리를 달고 있었다.

"불우한 환경에서 자랐는데도 루미란 애는 그림 그리는 걸 좋아해 화가의 꿈을 키워가요. 풋풋하고 아름다운 사랑도 하고, 잘나가다 좌절했다 다시 일어섰다 하면서 홀로 우뚝 서는 날을 꿈꿔요. 물론 노력도 열심히 하지만 타고난 재능이 대단하더라고요. 그림 한 장 그릴 때마다 마법처럼 그 세계를 표현해내는 거예요. 근데 우리 루미도 그 애처럼 예술적인 재능이 있는 거 같아요. 그리기나 만들기 쪽을 참 잘해요. 학교에서 상장도 많이 받았죠……."

콧소리가 약간 섞인 데다 착착 감기는 루미 엄마 말투는 딱딱 부러지다 못해 냉랭하게까지 들리는 엄마와는 톤부터 달랐다. 나는 그 옆의 루미한테로 눈을 돌렸다. 텔레비전 화면에 눈을 박고 있는 루미 얼굴은 붕어빵처럼 자기 엄마를 닮았다. 갸름한 이마에 작지만 동그란 눈, 조그만 입, 귀에는 작은 새 모양 귀고리를 했고, 파마를 했는지 구불구불한 머리카락까지. 서양 동화책에 나오는 소녀 같았다.

"저희 집이 연립인데 공영주차장과 붙어 있거든요. 루미 때문에 이젠 이사를 해야겠죠? 아무래도 먼지가 많으니……. 루미 큰엄마네가 신도시 아파트 단지에 사는데 그리로 갈까봐요."

루미 엄마는 참 말이 많고 호들갑스러웠다. 립스틱 바른 진분홍 입술로 은근히 자식 자랑이며 집안 자랑을 줄줄 쏟아냈다. 표정 변

화도 다양해 눈을 크게 떴다 가늘게 떴다, 눈썹을 치켜세웠다 내렸
다, 손짓 발짓까지 온몸으로 이야기를 했다. 그때마다 귀고리가 어
깨에 닿을 듯 말 듯 찰랑찰랑 흔들렸다. 단추를 목까지 채운 셔츠
에 머리칼을 하나로 질끈 묶은 엄마가 그 옆에 있으니 스무 살은
더 늙어 보였다.

엄마는 커피잔을 양손으로 감싼 채 가만히 듣고 있었다. 얘기가
길어질수록 말은 흘려듣고 머리는 딴 생각을 하고 있을 게 뻔했다.
엉뚱하게 내 머릿속에 어떤 이름이 떠올랐다.

루케미아 leukemia……. 루미…….

루미는 울보였다. 누구든 처음 입원하면 낯설고 두렵지만 그 애
는 유별나게 자주, 아니 하루 종일 울었다. 먼저 있던 수정이와 겨
우 세 살 차이라는 게 믿기지 않을 정도였다.

"엄마, 나 여기 있기 싫어. 집에 가면 안 돼?" "주사 왜 자꾸 맞
아? 아픈데." "무슨 약이 이렇게 써! 토 나오잖아!"

겁에 질려 우는 소리, 짜증 부리며 징징거리는 소리, 목이 잠긴
듯 눌린 신음소리, 잠깐 멈췄다가도 금세 다시 흐느끼는 소리가 하
루 종일 병실을 채웠다. 가끔은 제 엄마한테 악을 바락바락 쓰기도
했는데, 그때마다 내 머리에는 편두통이 왔다.

무균실과는 다른 병실의 느낌을 만끽하며 늘어지게 누워 있고 싶

은 마음이 아침마다 박살이 났다. 소아청소년과 병동의 시끌시끌함에도 아직 적응이 안 되는데, 날 밝자마자 울음소리에 깨게 되니 고통스러웠다. 말도 별로 없고, 평소 목소리도 가느다란 깃털 같은 아이가 울거나 악쓸 때는 큰 새처럼 시끄러웠다. 잠결에 우는 소리가 나면 나도 모르게 상체를 벌떡 일으켰다, 쿵 소리 나게 누웠다, 벌레처럼 몸을 웅크리고 이불을 뒤집어썼다, 엄마가 있는 보조 침대로 내려가 누웠다, 별별 짓을 해보다 결국 일어나고 만다.

"집에 가고 싶어. 집에 좀 데려다줘……."

이불을 뒤집어써도 귀를 막아도 루미 울음소리에서 도망치지 못했다. 울음소리에 늘 쫓겨다니다 보니 골이 흔들리고 머릿속에서 징소리 같은 게 징징 울렸다.

"수치들이 왜 이렇게 안 오르지?"

회진 온 의사가 의아해하면 난 속으로 대답했다.

'잠을 잘 못 자니 당연하지 않나요?'

옆 병실의 동배 어머니나 아람이 엄마도 루미 우는 소리가 복도까지 들린다고, 옆에서 견디는 내가 용하다고 했다.

용하기는, 미칠 지경이라고! 저렇게 우는 애는 처음 봤다.

그 애는 엄마나 나랑 눈 한 번 마주치지 않았다. 엄마가 말이라도 붙이면 새침하니 얼굴을 돌리거나 아예 못 들은 척했다. 변명하듯 루미 엄마가 길게 덧붙였다.

"애는 새침데기라 친해지려면 시간이 좀 걸려요. 하지만 일단 친해지면 물불 안 가리죠. 음식도 뭐 하나에 꽂히면 한동안 그것만 먹거든요. 그야말로 원 필, 원 푸드라니까요."

아무래도 좋으니 징징거리지만 않는다면……. 여동생이 없어선지 여자애가 자꾸 울고 징징대는 소리는 일종의 고문이었다. 덕분에 내 머리는 늘 무겁고 안개 속 같았다. 시도 때도 없이 졸음이 쏟아지고 깜빡잠에서 깨어 조금 지나면 다시 머리가 몽롱했다. 나는 꿈속에서 울고 있는 루미를 여러 번 때려주었다. 주사바늘 꽂은 자리가 아프다고, 팔도 다리도 머리도 다 아프다고 징징 우는 루미를 보다 못해 엄마가 참견을 했다.

"우리 애도 많이 괴로워할 때 진통제 맞으니까 좀 나은 거 같더라고요."

루미 엄마가 간호사한테 얘기해 진통제를 주사했고, 몇 시간 뒤 또 아프다고 우니까 엄마가 다시 거들었다.

"약효가 떨어질 시간이라 그럴 거예요. 많이 아파하면 또 맞아도 될 텐데."

엄마 말 끝나기도 전에 "이제 안 아파요!" 하고 루미가 쏘아붙였다. 주사 소리에 기겁하는 걸 보니 애는 애구나 싶어 쓴웃음이 나왔다. 그나마 얼마 못 가 루미는 다시 울먹이기 시작했다.

"아프단 말이야. 그냥 집에 가면 안 돼? 집에 가고 싶어……."

루미 징징거리는 소리와 함께 병원의 하루가 또 저물었다.

날이 새기 무섭게 커튼 너머에서 우는 소리가 났다.

"싫어! 피 안 뽑을 거야, 잉잉."

"피검사는 꼭 해야 한다잖아."

"싫어! 피 뽑기 싫어……. 엉엉……."

"엄마! 쟤, 그만 좀 울라고 해요!"

나도 모르게 큰 소리가 튀어나왔다. 보호자 침상에 누웠던 엄마가 벌떡 일어나며 나를 보았다. 당황과 비난이 섞인 눈초리. 엄마는 커튼에 가려진 옆쪽을 힐끗 살피더니 목을 한껏 눌러 최대한 낮춘 목소리로 속삭였다.

"조금만 참아. 입원한 지 얼마 안 돼 무섭고 불안해서 그럴 거야."

"미치겠다고요! 단단히 얘기 한번 하면 안 되나?"

"쉿! 얘가 정말. 다섯 살이나 많은 오빠가 좀 너그러울 순 없는 거니?"

엄마는 얼굴을 찌푸리며 오히려 나를 나무랐다. 기가 막혔다.

"에이 씨!"

침대 옆 수납장 서랍을 거칠게 열고 엠피스리를 꺼냈다. 울음소리로부터 어떻게든 도망쳐야 했다.

“얘, 주치의가 아직은 안 좋댔잖아!”
들은 척도 않고 이어폰을 귀에 꽂고 볼륨을 높였다.

마른하늘을 달려 나 그대에게 안길 수만 있으면…….

“알코올 솜으로 닦지도 않고…….”
볼륨을 더 키웠다.

내 몸 부서진대도 좋아 설혹 너무 태양 가까이 날아…….

“그럼 헤드폰을 쓰든가.”
볼륨을 더 키웠다.

두 다리 모두 녹아내린다고 해도…….

하루 내내 루미 울음보가 터지면 볼륨도 키우고, 잦아들면 볼륨
을 줄였다. 커졌다 작아졌다 되풀이되는 노랫가락 사이로 간호사
목소리가 들려왔다.
“루미야, 주사바늘 좀 갈자.”
“…….”

"루미야, 팔을 내줘야지. 어서."

"싫어요! 안 맞아요!"

커진 노랫소리!

"바늘 갈아야 한다니까. 한군데만 계속 맞으면 멍들어."

"만지지 마요!"

"어머니, 좀 잡아주세요. 자, 이번엔 오른팔에 맞아볼까?"

"싫어! 오른팔에는 안 할래."

울음소리! 더 커진 노랫소리!

허약한 내 영혼에 힘을 날개를 달 수 있다면…….

"루미야, 기운 없으니까 침대에서 세수할래? 엄마가 물 떠다 줄
게."

"싫어! 화장실 가서 할 거야!"

울음소리! 울음소리! 더 커진 노랫소리!

내 몸 부서진대도 좋아 설혹 너무 태양 가까이 날아…….

정말이지 적응 불가! 저렇게 말대꾸 또박또박 하며 우는 애는 처
음 보았다. 결국 침대에서 내려와 화장실로 가는지 링거대 바퀴 구

르는 소리. 그 소리도 지우려고 꽝꽝 울려퍼지는 노랫가락!

8:45 그대는 하늘나라로 오직 선만이 존재하는 평온한 세계로…….

갑자기 손톱이나 예리한 칼로 유리를 긁는 듯한 소리가 들렸다. 귓속을 후벼파는 소름 끼치는 소리.

"아! 아파!"

이어폰을 뺐다. 소리는 멈추기는커녕 점점 심해졌다. 송곳으로 찌르듯이 머리까지 쿡쿡 쑤셨다. 골이 흔들리고 병실 안 모든 사물들이 뒤틀려 보였다.

"아직은 저런 전자기기 안 좋다고 했지! 지금 네 몸은 새로 태어난 아기랑 똑같다고 했어, 안 했어? 꼭 듣고 싶을 때만 헤드폰 사용하라고 주의도 줬잖아!"

주치의한테 된통 야단맞고 엠피스리를 서랍 속에 도로 집어넣어야 했다. 나는 진통제를 받아 삼키고는 이불을 뒤집어썼다.

아침 비로 촉촉했던 하늘이 맑게 개었다가 다시 흐려지더니 점심 무렵 비가 쏟아졌다. 창밖 단풍나무 잎들이 몸서리를 쳤다. 태풍이 올 거라고 했다.

가시지 않은 내 두통 탓에 병실 불은 꺼진 채였다. 흐릿한 병실에서 루미는 루미 침대에 나는 내 침대에 앉아 있었다. 엄마와 루미 엄마는 점심 먹은 식판을 들고 앞서거니 뒤서거니 나간 참이다. 루미는 새로 구입한 게임기에 빠져 있었다. 나는 불쑥 말을 던졌다.

"너, 좀 이따 약 먹을 때 또 울 거냐?"

루미가 멈칫하더니 고개를 들어 나를 바라보았다. 내가 루미한테 말을 건 게 처음이고, 루미가 나를 똑바로 본 것도 처음이다. 나는 뜸을 들이다 한마디 한마디 천천히 말했다. 최대한 낮고 음산한 소리로.

"너, 그렇게 자꾸 울면…… 귀신이 잡아간다."

루미 얼굴이 해쓱해졌다. 손에 있던 게임기가 침대로 떨어지는 걸 보았다. 한번 더 쐐기를 박았다.

"병원 귀신들은 울고 징징거리는 소리를 들으면 어김없이 찾아오거든. 너, 병원에 귀신이 얼마나 많은지 모르지?"

루미는 겁을 와락 집어먹은 듯한 눈을 천천히 아래로 내리깔았다. 난 시침을 뚝 떼고 얼굴을 돌렸지만 마음속으로 '빙고!'를 외쳤다.

루미 엄마가 돌아와 "약 먹자." 하니까 루미가 가만있더니 결심한 듯 말했다.

"코 잡고 먹을게."

루미가 제 코끝을 엄지와 검지로 눌러 잡고 입을 벌리자 루미 엄마가 약을 넣어주었다. 눈을 질끈 감은 채 꿀꺽 삼켰는데 다행히 토하지 않았다.

다음날 아침, 채혈실에서 피검사 도구가 놓인 수레를 밀고 들어오자 루미가 입을 벌리다 내 눈치를 보더니 다물었다. 바늘이 제 팔을 뚫고 들어갔을 때는 결국 눈물을 뚝뚝 흘리고 말았지만. 그래도 갈수록 루미 울음 끝은 짧아졌다. 아무리 싫다고 뻗대도 먹어야 하는 약과 끊임없이 맞는 주사 때문에 지치기도 했을 거다. 한때 나도 그랬으니까. 무균실에 있을 때는 몸으로 사정없이 흘러드는 약물들이 병을 고치기는커녕 나를 조금씩 죽이는 건 아닐까, 의사들 약물 실험하는 데 내가 대상이 된 건 아닐까 하는 생각까지 했으니까.

텔레비전에 눈을 박은 채 꼼짝 않거나, 자기 아빠가 읽어 주는 책을 가만히 듣고 있을 때 루미는 인형 같기도 했다. 핏기 없는 얼굴, 곱슬곱슬한 갈색 머리칼, 사람이 실에 매달아 팔다리를 움직이는 목각인형.

오른 가슴 빗장뼈 아래

루미 골수검사 결과가 나왔다. 루케미아, 우리말로는 백혈병. 입퇴원을 반복하고 있는 수정이나 보라, 지금 옆 항암 병실에 있는 동배, 아람이까지 다 같은 병을 앓고 있다.

"믿을 수가 없어요. 저 작은 몸뚱이에 암덩어리가 생겼대요, 글쎄."

루미 아빠는 세상이 끝난 듯한 얼굴로 병실을 나가버렸고, 루미 엄마는 넋 나간 모습으로 연신 고개만 가로저었다.

"기가 막혀서. 드라마에서나 보던 병이 어떻게 우리 애한테……. 며칠 전까지 멀쩡히 학교 잘 다니던 앤데……. 그럴 리가 없어. 혹시 검사 결과가 다른 애 것과 바뀐 건 아닐까요?"

끝까지 믿으려 들지 않는 루미 엄마 옆에서 엄마는 위로하느라 애썼다.

“요즘엔 의술이 발달해서 많은 애들이 암세포 없애고 건강하게 살아간대요. 지금 이 병원에도 몇 년째 치료하고 있는 애들 여럿 있어요. 다들 잘해나가고 있고요. 용기 잃지 말고 맘 굳게 먹고 치료 잘 받도록 해요.”

엄마가 위로한답시고 애는 쓰지만, 치료 과정이 쉽지만은 않다는 게 표정에 드러났다. 나도 가슴이 먹먹했다. 나는 거의 끝나가지만 저 애는 이제 시작이다. 병명은 달라도 나 역시 혈액 질환으로 5년째 투병해왔다. 기나긴 터널 같은 투병 과정을 저 울보가 어떻게 견뎌낼지 걱정도 됐다.

진단받은 다음날부터 옆 침대 주변이 시끌벅적했다. 수시로 걸려오는 전화에, 불쑥불쑥 들어오는 방문객들. 루미 큰아버지 큰어머니 고모에 시골 할머니며 이모들 사촌 언니들까지 줄줄이 찾아왔다. 루미 학교 친구 엄마들에 동네 아줌마들도 드나들고, 밤엔 루미 아빠가 보조 침대에서 루미 엄마는 환자 침대에서 루미와 같이 잤다. 덕분에 내 침대 주변엔 늘 커튼이 쳐져 있고 나는 얼굴에 쓴 마스크를 벗을 수가 없었다.

너무 덥고 답답해 창문을 열었다. 단풍나무 가지에 매달린 잎들이 서로서로 몸을 부벼 댄다. 날이 흐리고 서늘해 보여 창밖으로 손을 내밀어보았다. 유리창으로 보던 것과는 달리 더운 바람이다. 비 오려고 준비하는 후덥지근한 바람. 공기까지 무거워 내 몸도 축축 처졌다.

"엄마, 저 집에 얘기 좀 하시죠? 방문객 좀 그만 받으라고."

"당분간만 참자. 처음이라 저럴 거야."

"커튼에 마스크에, 더워 못살겠다고요!"

"충격도 가시지 않았을 텐데 그런 말까지 들으면 속상하지 않겠니?"

"참 나, 엄마는 어쩜 그렇게 남들만 생각해? 아들이 당장 괴롭다는데!"

"너 처음 입원했을 때도 자꾸 드나든다고 옆에서 뭐라 하니까 섭섭해했잖아."

"어유, 그러세요? 참 대~단하십니다. 그 기억력, 그 판단력!"

비아냥거리며 벌떡 일어나 침대를 내려왔다. 쓰고 있던 수술용 모자 대신 비니로 바꿔 쓰고 천장에 매달린 수액을 링거대로 옮겨 달았다.

"어디 가려고?"

나는 입을 꾹 다물고 거칠게 병실을 나와버렸다.

"덥다면서 비니는……."

문이 요란하게 닫히면서 엄마의 말을 싹둑 잘랐다. 엄마한테는 언제나 내가 일순위가 아니다! 단 한 번이라도 모든 걸 제치고 나만을 위해준 적이 없다! 기억력의 유통기한은 또 얼마나 긴지, 필요할 때면 잘도 끌어다 써먹는다.

갑자기 머릿속 압축파일이라도 풀린 것처럼, 엄마가 내게 못되게 군 일들이 잇따라 떠올랐다. 코피 묻은 휴지조각들을 그때그때 휴지통에 넣지 않는다고 잔소리하던 일, 외출에서 돌아와 숨차 기절할 지경인데 손부터 씻으라고 닦달하던 일, 목감기로 기침할 때마다 가래까지 나와 괴로운데 잘못 뱉은 가래가 방바닥에 떨어졌다고 정떨어지는 얼굴로 투덜대며 닦아내던 일……. 그뿐인가, 내가 힘들어 짜증 좀 부렸다고 엄마가 더 화를 내던 일까지.

"그만 좀 해! 어떨 땐 나도 지긋지긋해. 네 엄마라는 게 끔찍하고, 어쩌다 아픈 아이 엄마가 되었나, 도망치고 싶어 죽겠어!"

"다른 엄마들은 애가 병이 나면 뭘 잘못해 줘서 이렇게 됐나, 죄책감부터 든다는데 엄마는 그런 것도 없어? 왜 그렇게 뻔뻔해?"

"미안하다, 내 탓이다, 울고불고 하기를 바라는 거야? 솔직히 네가 병난 게 엄마 탓이니? 오히려 아픈 아이 때문에 엄마도 많은 걸 잃으며 산다는 생각은 안 해봤어? 엄마이기 전에 한 사람이라는 생각은 왜 못하는데? 나이도 먹을 만큼 먹은 애가!"

엄마는 도리어 더 큰소리를 쳤다. 매 맞는 아이가 가장 아픈 법이랬다. 안 그래도 온몸으로 매를 맞고 있는 나한테 엄마는 강펀치를 날린 거다. 그래서 확 더 아파버렸으면 싶었는데, 그날 진짜로 열이 펄펄 끓고 죽을 만큼 아팠다. 그때 엄마가 얼마나 죄책감을 느꼈을까 싶어 나는 고소하기까지 했었다.

"남 배려, 아들 뒷전이 엄마 삶의 신조인 거야? 아들이 당장 힘들어 죽을 지경인데 가리고 따지는 건 뭐 그리 많냐고!"

발을 쿵쿵 울리며 걸었더니 오른 가슴 빗장뼈 아래 중심정맥관 꽂힌 부위가 조여들고 어깨에 머리까지 울렸다. 나는 걸음을 멈추고 숨을 몰아쉬며 혼자 씩씩거렸다.

"그냥 한마디만 하면 될걸! 방문객 많이 오는 거 아이한테 안 좋으니까 자제 좀 해주세요!"

"너, 여기서 뭐 하냐?"

"어, 형! 웬일이야?"

"수혈하러."

병원에서 가끔 마주치는 민석이 형이다. 형이 귀에서 빼내 주머니에 넣는 이어폰에서 랩이 흘러나왔다. 민석이 형도 나처럼 어플라스틱 어니미아 aplastic anemia라는 혈액병을 앓고 있다. 열두 살에 발병했다는데, 고3이 된 지금까지 면역 조절 치료와 수혈을 되풀이하고 있다.

"모자랑 마스크 썼는 데도 용케 알아봤네."

"이 병동에 너랑 나 말고 큰 애가 또 있냐. 몸은 괜찮니? 왜 나와 있어?"

"아, 너무 답답해 바람 좀 쐬려고. 근데 그거 'Better Than Yesterday' 아냐?"

나는 민석이 형이 꺼짐 버튼을 누르는 엠피스리를 가리키며 물었다.

"너도 아는구나? 좋아하는 곡이야. 내가 좋아하는 래퍼들도 여럿 나오고."

"나도 좋아하는데. 아, 맞다. 형 학교에서 힙합 동아리 한다고 그랬지?"

민석이 형은 주사실로 가면서도 작은 소리로 랩을 흥얼거렸다.

"고통은 성장의 밑거름 난 언제나 자신을 믿거든……."

마스크 때문에 같이 부르지는 못하고 몸짓으로만 장단을 맞추며 따라갔다.

'교차 실험 결과 수혈자와 적합한 혈액임'이라는 글귀가 붙은 빨간 봉지에서 적혈구 액이 방울방울 떨어져 민석이 형 팔로 들어갔다.

"형, 철 중독 때문에 간까지 나빠져서 고생이 심했다며?"

"수혈을 계속하니까 합병증도 같이 겪는 거지 뭐."

민석이 형은 대수롭지 않게 말했지만, 옷소매 아래로 드러난 팔이며 다리가 아직도 꺼뭇꺼뭇했다.

"철분 수치 내려가면 피부색도 돌아오려나? 형은 수혈 횟수가

너무 많아 골수 이식해도 위험하다며? 거부반응 확률이 높다
고……."

"그렇다더라. 나하고 맞는 골수도 없지만, 어쨌든 골수은행에 등
록하라는 걸 내가 마다했어."

"왜?"

"골수뿐만 아니라 수없이 많은 요소들이 모여서 몸을 이루는 거
잖아. 그 하나일 뿐인 골수를 바꾸자고 다른 것들한테 희생을 강요
하고 싶지 않았어. 비용도 만만치 않고."

하긴 병든 골수를 죽이는 과정이 끔찍하긴 했다. 골수뿐 아니라
몸의 다른 기관, 장기 들까지 고통을 함께 겪어야 했으니까.

"그렇긴 해도 잘만 견뎌내면 병이 나을 수도 있다는데……."

"확률일 뿐이지. 꼭 낫는다는 보장이 있는 것도 아니고, 남의 것
이 들어와 자리 잡고 내 몸이 되기까지의 과정도 쉬울 것 같지 않
고 말이야. 수혈할 때도 툭하면 부작용 생기는데, 하물며 골수를
바꾸는 일은……."

민석이 형 말마따나 내 몸을 딴 사람 피로 자꾸 채우는 거, 쉬운
일도 유쾌한 일도 아니다. 골수를 바꾼다는 건 더더욱 그렇고.

"그건 그래. 이식 후에도 거부반응이나 재발을 오랫동안 주의하
며 살아야 한다니까. 그래도 평생 형처럼 사는 것도 쉽지는 않을
텐데."

"너도 알잖냐. 병을 오래 앓으면 몸이 어느 정도는 알아서 적응하는 거. 정상인 같으면 코피를 철철 흘릴 만한 혈소판 수치에도 큰 문제없이 지나가주더라고. 물론 미리 조심하는 것도 있지만, 너무 그렇게 마음 졸이기만 할 건 없어."

"하긴, 나도 정상일 때 몸이 어땠는지 가물가물해."

"그렇다고 너무 방심하면 안 돼. 나빠진 만큼 몸이 순응하는 것도 한계가 있거든. 그 신호를 예민하게 잘 느껴야 해. 늘 의식하고 조절하는 게 쉽진 않지만, 병과 함께 오래 살아가다 보면 자연스럽게 되는 것도 같더라. 그야말로 병과 친구가 된다고나 할까."

나보다 겨우 세 살 많을 뿐인 민석이 형이 갑자기 어른 같아 보였다. 의사 입에서 골수 이식하자는 말이 나왔을 때 나는 두 번 생각할 것도 없이 "그럼 나을 수 있어요?" 하고 물었다. 건강해질 수만 있다면 더한 것도 할 수 있었다. 병 때문에 포기해야만 했던 많은 것들, 열심히 운동해서 몸짱도 되고, 다른 애들처럼 계단 오르며 수다도 떨고, 깜빡이는 신호등이나 막 닫히려는 학교 문을 향해 뛰어가고, 공을 몰고 운동장을 거침없이 달리고, 온몸을 흔들며 춤추고 목청껏 노래도 할 수 있게 된다는데 고민할 이유가 없었다.

그러니 내 몸을 구성하는 여러 요소들의 관계에 대해서는 생각조차 해본 적 없다. 병과 친구처럼 살아간다는 생각은 더더욱. 나는 깊이 고민해 스스로 판단하고 그걸 끝까지 밀고 나가는 민석이 형의 용기가 부럽고, 살짝 존경스럽기까지 했다.

들끓는 루미네 방문객들을 보다 못해 동배 어머니가 찾아왔다. 동배 어머니는 항암 병실의 해결사. 보호자들 중 가장 나이가 많은 데다 이런저런 일에 참견하거나 나설 때가 많다.

"내가 이런 말 한다고 서운케 듣지 마. 아이 면역력이 바닥을 치는데 찾아온 사람들이 뭘 묻혀 와 옮길지 어찌 알겠어? 게다가 지금 루미네 옆엔 골수 이식하고 나온 환자가 있단 말이지. 그걸 살펴서라도 찾아오는 사람들은 좀 막아줘야지."

의사나 간호사 들도 동배 어머니가 "선생님! 나 할 말이 좀 있소!" 하고 말을 꺼내면 긴장부터 했다. 동배 어머니는 거슬리는 게 있으면 다른 보호자들한테도 바로바로 지적을 했다.

"강이도 강이지만 루미를 위해서도 그래야 써. 똑같은 처지니까 이런 얘기도 해주는 거야. 항암 환자들은 작은 것 하나도 조심, 또 조심해야 한다고. 안 그래도 아이 땜시 정신없고 속상할 텐데, 늙은 아줌씨가 잔소리한다고 지금은 서운할지 몰라도 금방 알게 될 거야, 감염이 얼마나 무서운지."

어떤 일을 함께하는 사람이 많을수록 문제가 생겼을 때 직접 나서서 해결하려는 사람은 적다고 한다. 내가 나서지 않아도 누군가 해줄 거라는 회피 심리 때문이라고. 루미네 방문객에 신경 쓰이면서도 싫은 소리는 못하는 엄마의 비겁함과 회피 심리는 뭐가 다를까. 안 그래도 엄마가 밉던 참에, 전에는 너무 나선다 싶어 껄끄러웠던 동배 어머니가 그때만큼은 고마웠다.

그 뒤로 루미네 면회객이 많이 줄었다. 대신 병실 텔레비전 채널이 애니메이션과 가요 프로그램으로 고정되었다. 그걸로 끝이 아니었다.

"미안해. 루미는 어두운 걸 싫어하거든. 겁이 많아서." 하며 루미 엄마가 침대 사이 커튼을 활짝 젖혀버렸다. 엄마는 내 눈치를 슬쩍 보았을 뿐이고, 덕분에 나는 루미네의 일거수일투족을 고스란히 보며 지내야 했다.

텔레비전에서 내내 쏟아져나오는 현란한 댄스곡들. 노래라면 힙합이나 알앤비, 소울 곡을 주로 듣는 내게 아이돌그룹의 요란한 춤과 노래는 생경했다. 케이블방송의 만화 채널이 일본 애니메이션 일색이라는 것도 새삼 알았다. 〈아따 맘마〉니 〈짱구는 못 말려〉니 〈개구리 중사 케로로〉니 하는 애니메이션들은 막상 보니까 재밌기도 했다. 하지만 어쩌다 한번이었다. 댄스 가수들의 흉내 내기조차 어려운 춤과 노래, 소란스러운 애니메이션이 종일 병실을 떠나지 않는 건 공해였다.

'열한살이나 먹은 애가 애니메이션에 빠져 있거나, 열한살밖에 안 된 애가 걸그룹에 꽂혀 있거나 극과 극이로군. 하긴 울 때랑 웃

을 때도 극과 극이더만.'

어떻게 하면 채널을 돌릴 수 있을까, 내내 눈치를 살피다 엄마를 통해 부탁해봤다.

"루미야, 오빠가 축구 보고 싶다는데 텔레비전 좀 돌리면 안 될까?"

루미는 눈을 화면에 박은 채 들은 척도 하지 않았다.

안녕하세요 감사해요 잘 있어요 다시 만나요.

노래와 함께 아리네 네 식구가 화면 속에서 인사를 한다.

"루미야, 오빠가 잠깐만 축구 좀 보잔다."

소용없었다. 루미 얼굴에 살짝 스쳐 가는 기색을 보아 엄마 말을 들은 게 분명했지만 까딱도 하지 않았다.

아침 해가 뜨면 매일 같은 사람들과 또다시 하루를 시작해.

'때려 주고 싶다!'

힘들었던 하루 많이들 지쳤지만

'젠장! 지성이 형이 선발 출장했는데!'

우리들 모두 다 더 힘차게 사는 거야.

'루미 엄마도 너무하는 거 아니야?'

엄마가 부탁하고, 내가 연거푸 흘겨보아도 루미 엄마는 개의치 않았다. 병실에 어울리지 않는 굽 높은 슬리퍼를 신고 또각또각 소리까지 내며 침대 주변을 왔다 갔다 화장실을 들락날락 혼자 바빴다. 새벽에 생중계한 맨체스터 유나이티드와 첼시의 경기를 저 애 깰까봐 못 봤는데, 재방송마저 포기해야 한다니 억울하기만 했다.

마음껏 달릴 수 없게 되면서 더 즐기게 된 것 중 하나가 축구경기 중계다. 특히 유럽 선수들이 현란한 개인기와 기술로 벌이는 프로축구는 매번 환상의 드라마다. 그때만큼은 내 마음도 그들처럼 드넓은 운동장을 붕붕 날아다닌다. 내가 '꿈꾸는 일들'을 기록하고 있는 수첩에는 세계일주와 히말라야 등반 다음에 유럽 프로축구 관람도 적혀 있다. 맨체스터의 올드 트래퍼드 경기장 푸른 잔디 위에서 땀방울 흘리며 달리는 선수들을 직접 볼 생각만 하면 가슴이 설렌다. 루니, 비디치 그리고 박지성이 눈앞에서 뛰는 걸 볼 수 있다면…….

갑자기 루미가 리모컨을 눌러 채널을 돌렸고 이번에는 아홉 명이

나 되는 걸그룹의 춤과 노래가 화면을 채우며 쏟아져나왔다.

너무 너무 멋져 눈이 눈이 부셔 숨을 못 쉬겠어 떨리는걸.

　병실 문이 열리고 간호사가 약봉지 쟁반을 들고 들어섰다. 반사
작용처럼 루미가 쏘아붙였다.
"약 안 먹어요!"
내 안에서 분수처럼 화가 솟구쳤다.
"약을 잘 먹어야 빨리 낫지."
"싫어! 토한단 말이에요!"
루미 목소리에 울음이 섞였다.

Gee Gee Gee Gee Baby Baby Baby.

　쾅쾅 울리는 노랫소리에 빽빽거리는 루미 목소리까지 겹친 병실
안은 후덥지근했다.
"그럼 주사로 바꿔줄까?"
"주사도 싫어! 집에 가고 싶다고요!"
루미는 악다구니를 썼고, 내 분노는 화산 폭발을 앞둔 용암처럼
끓어올랐다. 공기까지 축축 처지는 병실 안은 숨이 막힐 것 같았

다. 나는 입속으로 중얼거렸다.

"콱 죽어버렸으면……!"

식은 생선 한 토막, 멀건 된장국

"약은 시간 맞춰 먹어야 한다잖아. 입 벌려, 어서."

한바탕 난리굿에 겨우 삼키나 했는데 루미가 또 토했다. 오늘만 벌써 두 번째다. 안쓰럽다는 듯 지켜보던 엄마가 루미 엄마한테 넌지시 귀띔을 했다.

"강이 이식할 때 자꾸 토하니까 의사가 예방 차원에서 먹는 약들을 빼준 적 있거든요. 약이 줄어드니 덜 토하더라고요. 주치의한테 한번 말해보면 어때요?"

"아, 그래야겠네요."

"왜 엄마는 남의 일에 쓸데없이 참견이슈?"

나는 투덜거렸지만 속으로는 놀랐다. 저런 제안을 다른 사람도 아닌 엄마가 하다니. 주사로도 모자라 먹는 약을 한움큼, 그것도 하루에 몇 번씩 해진 입안으로 넘기는 건 고역이었다. 파도처럼 울렁이던 속은 약만 들어가면 해일이라도 덮치듯 뒤집어져 구토를 일으키곤 했다. 그즈음 의사 지시로 먹는 약이 확 줄고 나서 오히려 내 상태가 나아진 건 사실이다. 하지만 약을 빼는 건 감염이나 다른 합병증에 대한 위험이 그만큼 높아지는 걸 뜻하기도 한다.

주치의 회진 왔을 때 루미 엄마가 얘기를 했고, 감염 예방하는 약이며 정장제, 제산제 들이 다 빠졌다. 그리고 꼭 먹어야 하는 항암제만 남았는데 그것도 싫다는 루미와 루미 엄마가 실랑이를 한참 했다.

"약 다 빼주고 하난데 이것도 못 먹어? 네가 애기야? 빨리 먹지 못해? 입 크게 벌려! 꿀꺽! 맛보지 마!"

약 먹을 때마다 벌어지는 한바탕 난리를 옆에서 보고 듣자니 안 되기도 했는데, 어렵사리 먹은 약을 루미는 또 토해버렸다. 벌게진 얼굴에서 눈물이 줄줄 흘렀다.

"미치겠네. 약을 토하면 다시 먹어야 한다잖아!"

루미 엄마가 허둥지둥 간호사실에 가서 약을 다시 받아다 내밀었지만 루미는 완강히 고개를 저었다.

"약을 잘 먹어야 나을 거 아니니?"

루미는 시선을 텔레비전 화면에 고정시킨 채 꼼짝하지 않았다. 노래하며 춤추는 다섯 명 걸그룹의 우주복 같은 옷이 스튜디오 조명을 받아 번쩍번쩍 빛을 쏘아 댔다.

"엄마 가버릴 테니까, 너 혼자 병원에 있을래?"

루미 엄마가 결국 화를 냈다. 화라기보다는 투정 같았다. 아이를 나무라는 엄마가 아니라 동생과 싸우며 쩔쩔매는 언니처럼 보였다.

"너, 자꾸 그러면 치료 늦어져서 학교에도 못 가! 친구들 다 6학년 올라가는데 너 혼자 5학년 하면 좋겠어?"

발언의 수위가 위태위태해졌다. 어째 아슬아슬했다. 텔레비전 채널 때문에 눈치 살피는 중이라 루미 엄마 말들이 더 귀에 쏙쏙 들어왔다. 어제는 〈음악여행〉에 이적과 드렁큰 타이거가 출연한다는 데도 보지 못했다. 오늘 재방송되는 레알 마드리드와 바르셀로나의 경기마저 놓칠 순 없다. 채널을 어떻게든 돌려야 한다.

"그렇게 자꾸 토해버리고 약을 안 먹으면 죽게 될지도 모른다고!"

'너무 오버하네. 그러다 정말 죽기라도 하면 어쩌려고?'

"너는 죽는 게 낫겠니, 약 먹고 낫는 게 낫겠니?"

"병과 싸워야 하는 건 아이고, 엄마는 아이가 잘 싸울 수 있게 도와주고 기다려줘야 하는데, 그런 말이 애한테 도움 될 거 같지는 않네요."

엄마가 듣다 못해 한마디 던졌다. 그 말만큼은 나도 동감이다.

작년 추석을 며칠 앞두고 자살한 혜수 누나 생각이 났다. 대학 1학년인 혜수 누나한테 골수은행에서 연락이 왔다. 공여자 중에 다행히 맞는 사람이 나왔다는데 군인이라고 했다. 얘길 듣더니 누나는 안 한다고, 남자는 싫다며 고집 피웠다. 피만 남자 피로 바뀔 뿐 살아가는 데 아무 지장 없다고 의사가 달래고 아버지가 타일러도 소용없었다. 설득하다 지쳐 화가 난 아버지가 소리쳤다.

"그럼 다 때려치워! 평생 병을 앓으며 시체처럼 살든지, 그냥 콱 죽어버리든지!"

"……알았어요. 수술 받을게요. 정리하고 준비할 것 많으니 무균실 들어가기 전에 집에 다녀오게 해주세요."

이상하리만치 차분한 모습으로 누나는 말했고 주치의 허락을 얻어 외출했는데 다음날 죽은 채로 발견되었다. 누나 먹을거리로 베란다에서 키우던 푸성귀에 진딧물이 생겨, 그거 잡는다고 사놓은 약을 먹었다고 한다.

소식을 들었을 때 가슴이 쿵 하고 내려앉았다. 스스로 목숨을 끊는 누나의 마음은 어떠했을까. 기증자가 남자라서 싫은 게 아니라, 누나는 골수를 다른 사람 것으로 바꾼다는 사실 자체가 싫었던 것인지도 모른다.

"골수가 병이 들면 남의 걸로 바꿔주고, 간이나 신장 같은 장기가 망가지면 또 다른 사람 장기로 이식해줄 수 있는 이런 세상이 싫어. 그런 게 가능한 세상이 됐기 때문에, 얼마든지 바꿔줄 수 있는 세상이라서 그런 병도 더 많아지는 것 같아서 말이야." 하며 쓸쓸하게 웃던 누나의 푸른 정맥까지 비치던 하얀 얼굴이 지금도 생각이 난다. 작은 키가 아닌 데도 비쩍 말라 나보다도 훨씬 작아 보이던, 병실 안에서도 손뜨개 모자를 꼭 쓰고 있던, 모자와 마스크 사이 눈만 유독 커다래 보이던 혜수 누나.

누나가 떠난 뒤 아줌마는 정신분열 증세를 보이고, 아저씨는 술만 마신다고, 취하기만 하면 "죽어버리라는 말을 내가 왜 했을까?" 하며 주먹으로 가슴을 쾅쾅 친다고 동배 어머니가 얘기하는 것도 들었다.

오늘따라 병실 안이 더 더웠다. 소리치고 윽박지르던 게 언제였다고, 루미 엄마가 루미를 안고 아기 달래듯 토닥거렸다. 땀에 젖은 머리칼을 쓸어주니 귀가 드러나고 작은 새 모양 귀고리가 대롱대롱거렸다. 주치의가 진작부터 빼는 게 좋겠다 했는데 루미가 고집 피워 아직 달린 채였다. 주사바늘만 봐도 기겁하는 애가 귀는 어떻게 뚫었는지 의아했다.

"루미야, 예쁜 모자 하나 골라볼래? 이제 얼마 있으면 머리카락 다 빠진대. 수정이 언니 가발 쓰고 외래 온 거 봤지? 너도 그런 가발 사줄까?"

"싫어!"

잠시 잠잠했던 루미가 소리를 바락 지르며 제 엄마 품을 밀어냈다.

"머리가 왜 빠져! 머리 빠지는 거 싫다고!"

'아니, 꼭 실시간 일기예보처럼 일일이 보고해야 직성이 풀리나?'

루미는 결국 울음보가 터졌고, 옆에서 엄마가 뭐라 참견하고 싶은지 입을 열려다 도로 다물었다. 안 그래도 잠시도 진득하게 못 있고, 일어났다 앉았다 병실 안을 왔다 갔다 병실 밖을 들락날락거리는 루미 엄마는 생각나는 족족 바로 말로 토해내야만 성에 차는 모양이다.

'도대체 엄마야, 언니야? 완전 무개념이구만. 약 때문에 머리칼이 몽땅 빠질 거라고 미리 예고부터 하는 엄마가 어디 있냐고!'

우리 학교만 해도 좀 더 짧게 깎으라는 교사들과 머리카락을 조금이나마 기르려는 아이들이 날마다 투쟁을 벌이곤 한다. 실은 나도 무균실로 옮겨가기 전 미장원에 갔었다. 어차피 빠질 거니까 머리칼을 미리 밀어버려야겠다 싶어서다. 그러나 막상 바리캉을 들고 다가오는 미용사를 보자 생각이 바뀌었다.

'조만간 생명이 다할 건데 왜 미리 없애야 해? 오히려 더 멋진 모습을 누리게 해줘야지.'

그래서 깨끗이 다듬고, 구레나룻은 옆얼굴에 딱 붙이고, 위쪽 머리칼은 왁스를 발라 멋지게 세우고 돌아왔다. 나한테서 떠나갈 머리카락들에게 해줄 수 있는 마지막 선물이었다.

“아니, 머리 감기도 힘든데 왁스까지?”

엄마가 놀란 눈으로 한소리했지만 딴청을 부렸다.

“엄마 아들 어때? 폭풍 간지 아냐?”

“넌 건강이 중요하니, 간지가 중요하니?”

“간지.”

생각하고 자시고도 없이 대답했다. 엄마가 어처구니없다는 듯 중얼거렸다.

“폼생폼사라더니……. 어리긴 어리다. 철딱서니 없기는.”

머리칼은 애들한테 목숨 같은 건데, 저렇게 길고 곱슬곱슬한 머리칼이 몽땅 빠질 거라 상상하는 것만으로 루미는 얼마나 상처를 받을까. 아무튼 엄마들이란.

무슨 일에건 칼로 썰어내듯 여지없는 우리 엄마도 그렇고. 입원한 지 열흘 지나도록 중심 못 잡고 갈팡질팡하는 루미 엄마도 그렇고. 모든 엄마들한테 화가 났다. 감정 표현에 인색한 것도 별로지만 지나친 과잉도 꼴불견이다. 아무리 봐도 루미 엄마는 나이를 먹다 중간에 멈춰버린 사람 같다. 오늘따라 에어컨 배선 공사 때문이라고 병실이 후덥지근한 것도, 채널 돌리기는 역시나 글렀구나 싶은 것도 내 심사를 뒤틀리게 했다.

병실 문 두드리는 소리, “식사요!” 하는 목소리가 들렸다. 엄마가 문을 열고 식판 두 개를 받아다 하나는 루미네 건네고 하나는 내 앞에 놓았다. 흰밥 한 공기에 허옇게 볶은 나물, 식어버린 생선 한 토막, 무만 서너 쪽 보이는 된장국은 그나마 낫다. 매번 빠지지 않는, 고춧가루를 한껏 절약한 김치볶음은 보기만 해도 구토가 나오려고 한다.

"밥 먹자."

"엄마나 드슈."

"안 먹으려고?"

"모양도 색도 맛도 없고 밍밍하기만 해."

"몸 생각해서 먹어."

"하긴 무균실에서도 삼키기만 하면 토하는 내게 기어이 먹이시던 분이시니……."

축구 중계를 또 놓친 탓인지, 숨 막힐 듯한 더위 탓인지, 개선하려는 노력을 보여주지 않는 병원 밥 때문인지 오늘은 어깃장의 연속이다.

"왜 또 툴툴거려? 그렇게 먹이려고 애쓴 까닭을 정말 몰라?"

"아, 먹어야 회복이 조금이라도 빠를 테니까, 뭐 그런 지당한 뜻이셨겠죠."

나는 비아냥거리는 걸 그만두지 않았다.

"엄마 레퍼토리잖아요. 영양제 한 팩보다 입으로 들어가는 밥 한 숟가락의 힘이 세다. 하늘이 무너져도 먹어야 산다. 먹어야 병도……."

"무균실에서 매번 복도 건너편 전자레인지까지 가서 끓여 오는 건 쉬웠는지 아니? 병실만 나서면 가운 덧입어야지. 모자 마스크 갈아 써야지. 다시 몸에 소독하고 들어가야지."

웬 생색이야 싶어 열이 확 받쳤다.

"누가 그렇게까지 해달래? 그냥 잠이나 자게 내버려두면 좋겠는데 자꾸 깨워서 먹어라, 먹어라. 아마 원칙 지키기가 올림픽 경기 종목이라면 엄마는 국가대표도 될 수 있을걸?"

"뭐?"

"냉정함을 자로 잴 수 있다면 엄마는 최고 수치가 매겨질 거라고! 엄마 매정한 건 하늘이 알고 땅이 아는 사실 아냐?"

스스로 심술궂다 생각하면서도 그만두지 못했다. 내 입은 브레이크 고장 난 자전거 같았다.

"입도 아프고 목도 아프고 온몸이 아파 미칠 지경인데 억지로 먹이고. 삼키면 또 속 뒤집히고. 그놈의 먹는 것 때문에 더 아파 죽을 것 같았다고!"

엄마가 우두커니 나를 바라보았다. 그리곤 천천히 혀로 입술을 축이더니 착 가라앉은 목소리로 말했다.

"나도 아파. 위장에 허리에 무릎관절에 잇몸까지 다 아파. 몇 년네 병간호에 엄마 몸도 많이 망가졌어."

"엄마는 왜 아파? 자식은 죽네 사네 하는데도 옆에서 악착같이 챙겨 드셨잖아? 화장실까지 들어가서. 인간이 구차하게."

뱉어놓고는 아차 했다. 자전거가 결국 뒤집혀버렸다. 엄마도 멈칫했다.

'아무래도 더위 탓이야. 에어컨은 언제부터 다시 가동되는 거야? 제기랄!'

병실 바닥, 벽에서까지 열기가 흘러나오는 것 같았다. 엄마는 내가 물건이라도 집어던져 깨뜨린 것처럼 나를 바라보았다. 그러곤 어처구니없다는 듯 입꼬리가 천천히 말려 올라갔다.

"김강, 너 참 유치찬란하다……. 그럼 냄새도 싫다는 아들을 두고 엄마는 맛있어서 먹었겠구나."

엄마 목소리가 뚝 부러질 것처럼 딱딱했다. 감정을 필사적으로 억누르는 듯 몸을 가늘게 떠는 엄마 어깨도 아슬아슬해 보였다. 내가 억지 부린다는 걸 나도 모르지 않았다. 짜증 나는 더위와 텔레비전의 요란한 노랫소리, 찢어지는 루미 울음소리만 아니었으면 그런 지독한 말까지는 뱉지 않았을지도 모른다. 하지만 나는 사과하는 데는 영 소질이 없다. 갑자기 엄마가 휙 하고 돌아서 걸어가더니 병실 문을 왈칵 열었다. 밖으로 나가는 엄마의 뒷모습을 보자 불쑥 그날이 떠올랐다. 내가 소아청소년과 병동에서 무균실로 옮겨가던 날이.

시멘트 바닥, 조각하늘

그날은 비가 내렸다. 엄마는 짐 실은 수레를 밀고, 나는 링거대를 밀고 어른들 항암 병동을 천천히 지나갔다. 시끄럽고 활기차고 늘 분주해 보였던 소아청소년과 병동과는 사뭇 다르게 적막감마저 감돌았다. 모든 병실의 문이 열려 있었지만 침묵과 고요만이 흐르는 그곳에서 환자복 입은 어른들이 나를 무표정하게 바라보았다. 병원 건물 안인 데도 이곳에는 비가 내리는 것 같았다.

복도 맨 끝에 두껍고 견고하게 닫힌 문이 우릴 막아섰고 그 안의 에어 샤워를 통과해 무균실로 들어갔다. 엄마가 소지품을 소독하는 동안 복도 유리문 안을 힐끗 보았다. 깡마르고 쇠약해 보이는 할아버지가 문을 등진 채 서 있었다. 아니 천천히, 느릿느릿 움직이고 있었다. 머리카락은 한 올도 없고, 허리는 구부정하고, 걸음도 겨우 떼놓는 것 같았다. 그 사람이 몸을 돌려 나를 보았을 때 소스라치게 놀랐다. 꼬챙이처럼 마른 데다 극도로 허약해 보이고 거의 쓰러지기 직전처럼 보이는 그 사람은 젊은 남자였다. 검은 뿔테 안경을 낀, 기껏해야 서른살이나 넘겼을 사람이었다. 그 남자와 눈이 마주치자 앞으로 내게 일어날 일들을 어렴풋이 감지했고, 두려움에 몸이 떨렸다.

무균실은 병실 안에 각종 기계들이 들어와 있는 거 빼곤 일반 병실과 별로 다르지 않았다. 약간 좁다는 거 말고 환자 침대 하나, 보호자 침상 하나, 텔레비전, 전화, 화장실이 있는 1인실과도 비슷했다. 그러나 창밖으로 건물 옥상의 회색 시멘트 바닥과 흐릿한 조각 하늘만 보이는 탓인지 한결 삭막해 보였다.

통증과 메스꺼움과 기운 없음의 삼파전이 시작되었다. 내 골수를 말려 죽인다고, 기계 네 대에 나눠 걸린 항암제들이 하루에도 수차례 병을 바꿔가며 몸속으로 흘러들었다. 나는 울렁거림을, 구토를, 기운 없음을, 삼키기만 하면 속 뒤집어지는 약 먹기를, 시도 때도 없이 설사를 지리고 그때마다 엄마가 항문 씻기고 소독해주는 것을, 흐릿한 냄새에마저 한없이 예민해지는 것을 견뎌야 했다. 갈수록 작은 소리 하나에도 민감해져, 예전 같으면 잘 느끼지도 못했을 휴대전화 진동음에도 내 몸은 정직하게 부담을 호소했다. 한껏 낮춘 엄마 목소리에조차 골이 왕왕 울렸다.

'이런 끔찍한 부작용과 함께하는 건 줄 몰랐네. 알약 하나 삼킨

다거나, 물약만 한모금 마시면 웬만한 병은 낫게 되는 그런 세상은 요원한 걸까. 나를 냉동인간으로 만들었다 그런 의학이 발달한 시대가 되면 깨워달라 해볼까. 가만, 몸이 냉동되면 의식은 어떻게 되는 거지? 몸이 부활한 뒤에 의식도 살아 돌아오나?'

끝없이 치닫는 생각조차 이내 사치로 여겨졌다. 얼마 안 가 약에 혹사당한 몸의 세포들이 질러 대는 비명, 몸속 장기들이 보내오는 위험 신호에 녹초가 되었다. 순간순간 정신이 아득해지고 다 그만두고 싶다는 충동까지 밀려왔다. 침대에 누운 채로 눈만 뜨면 보이는 곳에 창이 있긴 하지만, 비가 오는지 바람이 부는지 가늠하기 힘들었다. 창밖은 무균실이 있는 5층과 옆 건물 4층의 옥상이 붙어 널찍한 시멘트 바닥이다. 조립식 건물 느낌이 나는 무균실의 유리창과 병원 건물의 유리창 사이가 두 뼘 정도 벌어져 있고, 바깥의 유리창은 4층 옥상과 붙어 있다. 아무것도 없는 옥상은 제법 넓었지만 그만큼 황량했다.

"엄마, 또 비 와?"

엄마가 알코올 걸레로 침대 주변을 닦다 말고 고개를 끄덕였다.

"거의 그쳐가. 많이 힘드니?"

"가슴에 통증도 좀 있고, 거기 열도 나는 거 같고."

"히크만 수술 부위는 당분간 그럴 거랬잖아. 견뎌야지 어쩌겠니."

내 안에서 무언가 치밀어올랐다. 엄마가 잘하는 말, ‘견뎌야지.’ 숨이 차올라 걷기 힘들어도 견디라 하고, 어지럼증도 기운 없음도 “견뎌야지 어쩌겠니.”라고 했다. 코피가 안 멎어도 견디라 했고, 목구멍으로 넘어가는 피 때문에 숨쉬기 괴롭고 비린내가 몹시 나고 토할 것 같을 때도 엄마는 태연한 목소리로 이렇게 말했었다.

“네 피니까 삼켜. 싫으면 뱉든가.”

안개 속을 헤매는 나를 엄마가 흔들어 깨웠다. 눈을 뜨자 파김치처럼 늘어진 몸에서 즉각 신호를 보낸다. 울렁증, 그리고 어지럼증.

“강이야, 뭐라도 좀 먹어야 약을 먹지.”

또 구토가 올라온다. 이젠 먹으라는 말만 들어도 구토가 치민다. 멸균된 보자기에 덮여 오는 식사는 너무 푹 끓여 밍밍한 데다 소독약도 알코올도 아닌 끔찍한 냄새로 속을 뒤집어놓곤 한다. 엄마가 어쩔 수 없다는 듯 멸균식 쟁반을 복도로 내가더니 다른 걸 챙겨왔다. 누룽지, 감자, 고구마, 복숭아까지 조금씩 덜어 전자레인지에 팔팔 끓여 왔다. 또 위가 먼저 메스꺼움으로 반응을 했다. 입을 떼니 가늘고 쉰 목소리만 겨우 나온다.

“토할 것 같은데…….”

“약 먹어야 하니까 억지로라도 좀 먹자. 빈속에 약만 먹으면 장기까지 다 상할 수 있다잖아.”

“그 약, 한번 안 먹으면 죽는대?”

시간 맞춰 약! 또 약! 약을 먹기 위해 음식물을 먹어야 한다는 철저함. 어떤 경우에도 예외 없음! 아무리 거부해도 엄마는 어떻게든 먹일 터였다. 자포자기 심정으로 그나마 누룽지를 가리키고 입을 벌렸다. 끓인 누룽지가 반쯤 담긴 숟가락이 입안으로 쑥 들어왔다.

신호를 받았다고 배 속 깊은 곳이 꿈틀 하고 요동을 쳤다. 금세라도 도로 밀어올릴 듯 뒤집히는 위장. 고개를 젓자 이번에는 끓인 복숭아 한조각이 다가왔다. 새 모이 받아먹듯 입안에 넣고 내가 좋아하는 아삭아삭한 백도를 씹는 기분으로 삼켜보려 애썼다. 하지만 끓여서 물큰거리는 복숭아는 결국 위장 속에서 공중제비를 넘었다. 꿀렁꿀렁 소리가 들렸다. 조만간 구토가 시작될 거라는 예고.

시간 맞춰 꼭 먹어야 한다는, 생명을 지켜주기는커녕 지옥의 독약 같은 항암제를 입에 받아넣었다. 삼키기만 하면 다시 행복한 잠속으로 갈 수 있을 텐데, 꿈속에서 국어선생님이라도 만나고 싶은데, 도무지 목구멍으로 넘어가질 않는다. 다 해져 물집투성이 입천장과 목구멍은 작은 알약 하나 지나가겠다는 데도 완강히 거부하며 통증을 호소했다.

온몸으로 알약 삼키기 투쟁을 하고 있는데, 엄마는 내가 밀어낸 음식물들을 화장실로 갖고 들어갔다.

‘엄마라는 사람이 이 지경에도 자기 먹을 건 챙겨야 하는 거야? 저렇게 매정할 수 있어?’

분을 참지 못하고 침대 옆 벽을 주먹으로 쿵쿵 쳤다. 기운이 다 빠져나간 줄 알았는데 어디에 그런 힘이 남아 있었는지 제법 큰소리가 났다. 입안을 맴돌기만 하던 쓰디쓴 약이 저도 놀랐는지 목구멍으로 쑥 넘어갔다. 엄마가 화장실에서 뛰쳐나왔다.

“왜? 속 안 좋아?”

엄마 입에서 고구마 냄새가 났다. 배 속이 용암처럼 들끓더니 금방 삼킨 약에다 시퍼런 담즙까지 입으로 쏟아져나왔다.

침대 주변이 어둡다. 창가 쪽 텔레비전 화면에서만 빛이 퍼진다. 내가 잠들자 엄마가 불을 끄고 텔레비전을 켰나보다. 볼륨을 0으로 줄여놓은 화면을 멍하니 바라본다.

전쟁이다. 이스라엘이 팔레스타인을 폭격한다. 두 나라의 오랜 분쟁을 다룬 다큐멘터리인 모양이다. 하늘에서 폭탄이 쉴 새 없이 내려오고, 땅에서는 다리가 무너지고 집이 불타고 사람들이 아우성친다. 소리 없는 화면뿐이지만 폭탄 터지는 소리, 건물 무너지고 불타는 소리, 고통으로 울부짖는 사람들의 절규가 고스란히 느껴진다.

팔레스타인처럼 내 몸도 전쟁터 같다. 사정없이 흘러드는 약물들이야말로 나를 파괴하는 폭탄이며 총알 들이다. 내 몸의 모든 장기와 세포 들이 총탄 세례를 받아 차례차례 나가떨어지는 중이다. 전쟁터에서 속출하는 부상자들처럼, 머리카락이며 눈썹이며 털이란 털은 죄 빠지는 중이고, 항문에 입천장에 잇몸까지 몽땅 헐었고, 구토와 설사도 날 몰아세운다. 물 한모금 삼키기 어렵고 손 하나 까닥할 수 없는 고통. 힘없이 죽어가는 팔레스타인 사람들, 그들을 멍하니 바라보는 나.

'차라리 죽는 게 나을 거 같아……. 이렇게까지 해서 살아남아야 하나?……'

시간이 후딱 흘러 가을쯤 되었으면 좋겠다. 그러면 다 끝나 있겠지. 머리와 몸을 분리해버리는 상상도 한다. 고통은 몸의 것으로만 남기고, 머리는 상관없이 생각과 상상 속을 자유로이 날아다니게. 수시로 깜빡깜빡 졸던 나는 그때마다 수렁 같은 꿈속으로 빨려든다. 깨어나도 내 머리는 꿈인지 기억인지 상상인지 경계조차 모호한 세상을 돌아다닌다. 그 속에서 내 인생의 장면 장면들이 자꾸만 들춰진다.

장면 하나.

햇빛 밝은 어느 봄날, 4교시 국어시간. 옆 창문으로 비쳐드는 따스한 봄볕을 받으며 나는 꾸벅꾸벅 졸고 있다.

"이번에는 유명한 소설……."

꿈결 같은 목소리는 봄빛 화사한 숲으로 나를 실어간다. 숲속에서는 만물이 돋아나는 향기가 난다. 문득 귓속에 와 박히는 선생님의 목소리.

"통한이 골수에 박히옵고 오장에 사무치온지라……."

정신이 번쩍 난다. 선생님은 내 옆에서 걸음을 멈췄다 교실 뒤쪽으로 천천히 걸어간다. 시원시원한 음성이 뒤를 따른다.

"울음마저 지워지고 가리워져……."

그러나 이젠 내게 들리지 않는다. 왜일까? 선생님 입에서 나온 그 말이 왜 새삼 특별하게 다가왔을까? 점심도 거르고 도서실을 찾아 국어사전을 펼친다. 혹시나 했지만 의학사전은 눈에 띄지 않는다.

골수

1) 뼈의 중심부인 골강(骨腔)에 가득 차 있는 결체질(結締質)의 물질.

2) 뼛속 깊은 곳. 예) 병이 골수까지 들다.

3) 마음속 깊은 곳. 예) 골수에 사무치다.

이제껏 그 낱말을 깊이 생각해보지 않았다는 게 스스로도 이상하다. 사전에도 어렵게 설명만 늘어놓았지 예조차 없다. 그러니까 사전에서 골수라는 건 뼛속 깊은 곳이자 마음 깊은 곳을 은유하는 말일 뿐.

나는 1)번 설명 옆에 연필로 조그맣게 쓴다.

　　예) 골수가 망가지다. 골수에 암세포가 생기다. 병명으로는…….

"호오! 오늘은 탐험기도 여행기도 아니고 국어사전이네. 사전 찾아야 하는 숙제를 내 준 기억은 없는데. 사전의 부족한 내용을 보충하라는 건 더더욱."

국어선생님이 몸을 굽혀 내가 쓰다 만 글귀를 본다. 화끈거리는 얼굴로 온몸의 열이 쏠린다. 사전 한 귀퉁이를 찢어낼 수만 있다면. 아니 안개처럼 스르르 여기서 사라질 수 있다면.

"골수라……."

"제 골수에 문제가 생겼다네요."

뇌의 명령을 무시하고 불쑥 뱉어버린 입을, 보이지 않는 손으로 세게 쥐어박는다.

"……그래, 그 말이 나올 때마다 예사로 보이지 않겠구나."

내 어깨 위에 선생님 손이 와닿는다. 거기로 따스한 기운이 스며 온몸에 퍼진다. 무언가 말랑말랑한 게 내 안에서 솟아오른다. 눈물이 날 것 같다. 나도 갈피 잡지 못하는 마음을 단번에 따듯하게 다

독이다니. 선생님이 가고 난 뒤에도 향기가 남아 내 코끝에 감돈
다. 봄 들판 가득 피어난 들꽃 향기 같은.

장면 둘.

아침에는 맑았는데 방과후 집으로 갈 때는 가는 비가 내린다. 어
떡하나 망설이다 그냥 걷는다. 담임한테 말하면 우산을 빌려줄 테
고, 국어선생님도 마찬가지겠지만 내키지 않는다. 반 아이들 누구
하나 같이 쓰자 할 만한 애도 없다. 집에 다다랐을 때는 젖은 옷이
몸에 달라붙는다. 늘 그렇듯 전력질주라도 한 것처럼 피곤하다. 몸
을 닦고 옷을 갈아입자 엄마가 뛰어 들어온다.

"벌써 왔구나. 학교에 갔더니 너 간 거 같대서 바로 뛰어왔는데."

그대로 방바닥에 눕는다.

"머리 말려야지, 큰일 나려고."

"됐어. 잘 거야."

나를 일으키려는 엄마를 뿌리친다.

"엄마도 숨 가쁘게 뛰어온 거야."

'그럼 뭐 해! 제때 오지도 못하면서!'

돌아누운 내 뒤에 대고 엄마가 말한다.

"엄마, 학원 수업 때문에 가 봐야 해. 한잠 자고 일어나 죽 먹어.
너 좋아하는 닭죽 끓여놨어."

나는 대답하지도 돌아보지도 않는다. 현관문 닫히는 소리. 방바닥으로 흘러내리는 눈물방울.

장면 셋.

"애인 있으세요?"

"결혼은 언제 할 거예요?"

"취미는 뭐예요?"

창밖에는 보슬비가 내린다. 오늘따라 아이들 질문이 인터뷰라도 하듯 쏟아진다.

"취미? 뭐, 향수를 좋아해서 모으는 취미는 있지. 여행도 좋아하고."

"여행이 뭐가 좋아요? 집 떠나면 개고생인데."

킥킥 새나오는 웃음소리. 국어선생님을 볼 때마다 제자리를 찾지 못하는 내 심장.

"이런 한심한 중딩들을 봤나. 어디서 무슨 복병이 튀어나와 발목을 잡을지 모르는 데 여행의 묘미가 있는 거지, 편안하고 순탄하기만 하면 재미있겠니? 우리 인생도 그렇잖아, 안 그래?"

"그럼 향수는요?"

"왜 하필 향수예요?"

"왜 향수냐고? 너희는 좋아하는 데 언제나 이유가 있니? 그냥 필이 와서 좋다고 해둘까?”

“선생님! 〈향수〉, 영화 보셨어요? 엄청 무섭던데.”

“아니, 그 영화 19금인데 어떻게 봤지? 못 써!”

교실 안에 풍선 터지듯 와그르르 웃음이 터진다.

“그래서 올 여름방학엔 세상에서 가장 향기로운 향수가 나온다
는 곳을 찾아가 볼까 해. 불가리아 발칸산맥에 피는 장미로 만든다
는 향수거든.”

“불가리스요? 야쿠르트?”

킥킥, 쿡쿡, 헤헤. 구석구석까지 피어나는 웃음.

“거기 사람들은 그 장미를 춥고 어두운 시간인 자정부터 새벽 두
시 사이에 딴다더라. 그때 장미가 가장 좋은 향기를 내뿜는다고 말
이야.”

열린 창문으로 들어오는 젖은 나무 냄새, 꽃잎 냄새, 촉촉한 바람
냄새. 봄 단풍, 봄 들꽃 가득 핀 숲속에 앉아 있는 기분.

“가장 어둡고 추운 시간에 장미가 향기로워지는 것처럼, 어쩌면
우리 삶도 시련이 많으면 그만큼 진한 향기가 날 수도 있는 건 아
닐까 하는 생각, 말하다 보니 문득 든다.”

“우우……, 뭐예요?” “꼰대같이……!”

여기저기서 터지는 야유. 교실 안에 파문처럼 번져가는 웃음. 그
런데 나는 왜 갑자기 울고 싶어졌을까?

국어선생님의 눈길이 나한테 오래 머물렀다고 생각한다. 다른 건 몰라도 선생님한테만은 철저히 감염되고 싶다. 불가리아 발칸 산맥. 내 여행 목록에 그곳을 추가한다.

장면 넷.

교무실로 체육선생님을 찾아간다. 트레이닝복 차림으로 의자에 앉아 컴퓨터 화면을 보고 있는 선생님 옆에 가 고개를 꾸벅한다.

"무슨 일이냐?"

"저……, 수행평가 종목을 다른 걸로 대체해주실 수 없나요? 저는 오래달리기는 할 수가 없어요."

체육선생님이 앉은 채로 서 있는 나를 올려다본다.

"네가 아프다는 건 알겠는데 형평성 문제도 있고 하니 말이지. 뛰는 데까지만 뛰고 기본점수 받는 걸로 하면 안 될까?"

"너무하시는 거 아니에요? 안 그래도 병 때문에 억울한 게 많을 텐데. 그 애가 할 수 있는 종목으로 바꿔주는 게 오히려 형평성에 맞는 거 아닌가요?"

국어선생님의 갑작스런 끼어들기에 체육선생님은 물론 나도 놀란다. 체육선생님은 어느 학교나 하나씩은 있다는 미친개 선생도 아니고, 수업을 막가파로 끌어가는 탱크 같은 사람도 아니다. 그저 원리원칙을 중시하는 교사.

"하지만 선례를 남기다 보면 다른 애들이 꾀병 부리거나 어떤 요구를 해와도 거절하기 어려워진단 말이지요. 그러니 이 애 하나만을 특별히 봐줄 수는 없어요."

"다른 애들 경우와 그 애는 다르잖아요!"

"어쨌든 제 수업이니까 제게 맡겨두십시오!"

내가 얻은 건 없이 두 분 선생님 사이만 이상해진다.

장면 다섯.

"과제도 반 이상 안 해오고 분위기까지 이렇게 산만하면 어떻게 수업을 하니? 지금부터 단체 기합이야!"

화를 잘 내지 않는 국어선생님이 얼굴까지 붉히며 목소리를 높인다.

"다들 일어서!"

또 열외가 되느니 몸의 고통을 견디는 게 낫겠다 싶어 손을 든다.

"저도 같이 기합을 받을래요."

기어들어가는 내 목소리는 책상 미는 소리, 의자 끄는 소리, 아이들 투덜대는 소리들에 묻혀버린다. 선생님은 잠깐 생각하는 표정을 짓더니 말한다.

"머리도 식힐 겸 뛰어나가 양심껏 운동장 다섯 바퀴를 뛰고 들어와라. 양심껏이다! 그리고 김강!"

“네!”

“너는 그대로 앉아 있어. 다른 벌을 줄 거야. 다들 뛰어나갓!”

아이들이 우르르 몰려 나가고 텅 빈 교실에 남아, 국어교과서에 나온 시를 베껴 쓴다.

나는 그늘이 없는 사람을 사랑하지 않는다.

그늘을 사랑하지 않는 사람을 사랑하지 않는다.

나는 한 그루 나무의 그늘이 된 사람을 사랑한다.

햇빛도 그늘이 있어야 맑고 눈이 부시다.

‘햇빛도 그늘이 있어야 맑고 눈이 부시다……’

선생님의 하얀 치마가 언뜻 보인다. 심장이 쿵쿵 뛰고 얼굴이 달아오른다. 손에 펜을 쥔 채 나는 고개도 못 들고 얼음처럼 굳는다. 코끝을 간질이던 선생님의 향기가 나를 와락 덮친다. 눈앞이 아득하다. 선생님은 가볍게 내 어깨만 짚었을 뿐인데, 내 눈 가득 눈물이 고인다.

여행을 좋아하던 소녀

눈이 씀벅거렸다. 손을 올려 눈을 비볐다. 내 주변을 휘감았던 달달하고도 알싸한 향기가 서서히 물러갔다. 점심 먹은 아이들이 공몰고 뛰는 걸 구경만 하기가 괴로워 찾아간 도서실에서 처음 만난 국어선생님. 표류, 난파, 조난, 탐험 이야기들만 들이파는 내가 신기한 듯 관심을 보이던 선생님. 무균실에서 그나마 견뎌낼 수 있었던 것은 국어선생님에 대한 기억, 그리고 꿈과 상상 들 덕분이었다. 인간이 꿈을 꿀 수 없다면, 생각을, 상상을 할 수 없다면 어떻게 살아갈 수 있었을까.

"엄마 친구들 왔다니까 잠깐 나갔다 올게."

그 말에 정신이 번쩍 돌아왔다. 지금 내 현실에서 국어선생님은 너무 멀고, 가까이에 있는 건 엄마니까. 나는 엄마 눈치를 살폈다. 엄마가 입을 닫은 지 사흘째. 말을 걸면 부드러우면서도 냉랭하게

“알았어.” 하는 게 다고, 틈날 때마다 보호자 침상에 앉아 책만 붙들고 살았다. 병실에서 책을 볼 수 있는 엄마가 얄밉기도 했지만, 내내 둘이 붙어사는데 엄마가 입을 다물면 나는 불편했다. 그래서 더욱 지난 기억에 매달렸는지도 모른다.

“나도……, 같이 나가면 안 돼……요?”

할 수 있는 한 간절한 표정을 지어 보였다. 그동안 조였던 마음도 풀고, 핑계 김에 갑갑한 병실도 탈출하고 싶었다. 안 하던 존댓말까지 하며 정중히 부탁하니까 엄마가 내 얼굴을 빤히 보았다.

“조심해서 나가보든지. 마스크 벗으면 안 된다.”

“당근! 절대 안 벗을게요!”

내가 손바닥까지 들어올려 선서하듯 말하자 엄마가 픽 하고 웃으려다 관뒀다. 기회를 놓치지 않고 목소리 높여 덧붙였다.

“병실 들어올 때 소독도 두 배로 하겠슴다!”

엄마가 일어서기도 전에 몸을 벌떡 일으켜 모자 바꿔 쓰고 마스크 쓰고 수액 줄 빼서 링거대에 거는 일을 순식간에 해치웠다.

중환자실 지나고 주사실도 지나고 약국과 편의점 앞을 거쳐 야외 휴게실로 갔다. 산들바람이 머리와 얼굴과 어깨를 슬쩍슬쩍 건드리고 지나갔다. 반갑다고, 오랜만이라고 인사하는 것 같았다. 얼마만의 바깥바람인지. 가슴이 시원하게 트였다. 구석에 놓인 테이블에 선미 아줌마랑 정희 아줌마가 앉아 있다 반색을 했다.

"강이야, 고생 많았지? 강이 엄마, 너도."

아줌마들의 따듯한 말과 눈길에 눈시울이 젖어들 뻔했다. 엄마
도 아무 말 못하고 아줌마들이 내민 손만 잡았다. 탁자 위에는 찬
합에 음식들이 잔뜩 차려져 있었다. 엄마가 잠긴 목소리로 중얼거
렸다.

"뭘 이렇게…… 많이 싸왔어?"

"병원에 오래 있으면 가장 그리운 게 집 밥이더라. 내가 경험자
의 손으로 이것저것 만들어봤지."

결혼도 안 하고 골드미스로 사는 선미 아줌마는 3년 전에 위암
수술을 했다. 그래서 병원에 있는 사람 마음을 잘 헤아리는 모양이
다. 노릇노릇 구운 굴비에, 밤과 은행을 넣고 찐 갈비에, 빨간 당근
파란 피망 색깔도 선명한 잡채에, 노란 계란말이에, 온갖 잡곡을
넣고 한 밥……. 보기만 해도 황홀했다. 엄마가 표정부터 일그러지
더니 황급히 손을 올려 눈가를 닦았다.

"장기전 치르느라 둘 다 고생이 많다. 유기농으로만 골라 좋은
기 팍팍 넣어 만든 음식들이니까 어서 먹어봐."

선미 아줌마가 엄마 손에 숟가락을 쥐여주며 말했고, 정희 아줌
마도 거들었다.

"그래, 앞으로도 갈 길이 먼데 든든히 먹어둬야 끝까지 잘해내
지."

엄마는 한숟가락 입에 넣긴 했는데 목이 메는지 한참 걸려 겨우 삼켰다. 그러더니 갑자기 푹푹 퍼 먹기 시작했다.

'저러다 또 체하기라도 하면 어쩌려고?'

요 몇 년 사이 엄마는 급히 먹거나 많이 먹기만 하면 탈이 났다. 소화 안 된다며 끄윽 끅 트림을 연거푸 해대 밥맛 떨어지게 할 때도 많다. 걱정스럽게 보고 있자니 선미 아줌마가 참견했다.

"강이도 먹어라. 병원 밥 얼마나 지겹니. 평소 같으면 돈을 준다 해도 안 먹고 싶은 음식인데, 그치? 내가 그 심정 안다. 그동안 네 혀를 괴롭히던 밋밋한 미각, 오늘 싹 갈아치우자. 먹을 때만 마스크 잠깐 빼도 되지?"

씹히는 게 아니라 입안에서 녹는 것 같았다. 밥이 이렇게 맛있는 거였구나, 거듭거듭 느꼈다. 내 안에 들어가 정말 살이 되고 피가 될 것 같다. 맨몸으론 싸울 수 있어도 식량 없인 싸울 수 없다고 《손자병법》에도 나오더니 먹을거리가 중요하긴 한 모양이다.

"아무리 그래도 네가 다 했다 그러는 건 너무하지. 나도 거들었다 뭐."

"그래, 장하다. 갈비는 네가 쟀지."

"당근이랑 피망도 내가 씻고 썰었잖아."

두 아줌마는 툭탁거리는 수다로 반찬을 더해주었다. 아웅다웅 다투는 게 십대 소녀들처럼 유치해 웃음이 났다. 정희 아줌마는 무

심코 갈비 한쪽을 집었다 선미 아줌마한테 된통 지청구를 듣기도
했다.

"너는 집에 가서 먹어! 갈비는 네가 해왔으니까, 너네 집에도 남
았을 거 아냐?"

"하이고, 치사하다 치사해. 안 먹는다."

"그러지 말고 같이 먹자."

엄마가 미안해하며 거들자 선미 아줌마가 딱 잘랐다.

"안 돼! 얘는 평소에도 잘 먹잖아. 살도 좀 빼야 하고. 병원에서
못 먹는 너네나 많이 먹어."

"나 살 빼는 것 갖고 왜 지가 난리야? 빼줄 것도 아니면서."

"내가 빼줄 거 아니니까 너 스스로 음식 조절하라고. 하이고, 저
뱃살 좀 봐. 넌 나이를 배로 먹니?"

"그래, 넌 날씬해서 똥도 날씬하겠다! 이게 단순한 뱃살이 아니
야, 이 사람아. 생명을 담았다 세상에 내놓은 위대한 흔적이라고.
애도 못 낳아본 주제에 까불어!"

"오냐, 네 똥은 참 굵어서 좋겠다! 웃자고 한 얘기에 죽자고 달려
들기는."

마흔살 넘은 아줌마들은 어디 가고 그 안의 아이들이 튀어나온
것 같았다. 웃음이 나와 음식이 입으로 들어가는지 코로 들어가는
지 모를 지경이었다. 어느새 배가 둥둥 불렀다. 기분 좋은 포만감.

맛있는 음식도 사람을 참 행복하게 한다. 오랜만의 맛난 밥과 웃음이 그동안의 스트레스를 확 날려버린 듯 몸까지 개운해졌다.

엄마도 친구들이 돌아간 뒤 내내 얼굴이 밝았다. 보기 힘들던 온기 같은 게 낯빛에 느껴지고 침묵마저 해제해버렸다. 그리고 전보다 씩씩해졌다. 내 수치가 바닥을 쳤는데도 "금방 오를 거야. 걱정하지 마." 하며 날 위로하기까지 했다. 정말 친구들과 음식에서 좋은 기라도 전수받은 것일까? 아니면 아줌마들이 긍정 바이러스라도 퍼뜨리고 간 것일까?

다음날 아빠랑 형이 찾아왔다. 내내 고립된 섬에 갇힌 것 같다 이틀 연속 사람을 만나니 신이 났다. 마스크를 쓰고 온몸을 소독한 뒤 아빠 뒤를 따라 들어오는 형을 보자 콧등이 시큰했다. 커다란 비닐팩 네 개에 담긴 빨간 혈액이 내 몸속으로 들어올 때, "네 형 거다. 이제 네 골수는 다 없어진 거야. 형 거가 네 거가 되는 거야." 하고 주치의가 말했을 때도 가슴이 울컥하며 눈시울이 뜨거워졌었다. 형은 아무 말 없이 손을 내밀고, 아빠는 "고생했다." 하며 내 어깨를 두드렸다.

"너는 이제 너 혼자만의 목숨이 아니다. 너한테 골수 준 형, 적혈구니 혈소판 헌혈해준 많은 사람들의 생명이 네 몸에 같이 흐르고 있는 거야."

"뭐야! 아빠도 그런 교훈성 멘트를? 어느새 엄마한테 감염되셨구만?"

웃음을 터뜨린 아빠를 보며 두 분이 어떻게 결혼까지 했을까, 새삼 궁금해졌다. 내가 보기에 도대체 '버전이 안 맞아!'가 두 사람이니까. 대충대충 넘기는 게 많은 아빠와 꼼꼼하게 따지고 체크하는 엄마. 즉흥적으로 일을 잘 벌이는 아빠와 미리 짜둔 계획대로 안 하면 큰일 나는 엄마. 대낮에 차들이 질주하는 교차로도 무단횡단하는 아빠와 한밤중 아무도 없는 횡단보도를 파란불 켜질 때까지 기다렸다 건너는 엄마. 술 취해 들어와 다음날 출근마저 거르곤 하는 아빠와, 수업 준비를 그만큼 철저히 해오는 교사가 없다며 학원 그만둘 때 원장이 몹시 아쉬워했다는 엄마.

그러다 보니 오랫동안 우리 집 기류는 큰 소리 아니면 침묵이었다. 큰 소리가 날 때면 둘 다 마주 보고 달리는 기차 같았다. 서로 언성 높여 자기 고집 피우다 레일 끊어진 기차처럼 탁 멈추고 나면 입을 굳게 다물어버리기. 그 침묵은 며칠씩 계속되기도 했고, 그동안은 절대 둘이 같은 공간에 있지 않았다.

형과 나도 사이가 썩 좋다고 할 수는 없지만, 한번 툭탁대다가도 언제 그랬냐 싶게 잊어버리곤 한다. 그나마 형이 고3이 된 뒤론 얼굴 마주하기도 힘드니 부딪칠 일이 없다. 엄마와 아빠는 성격도 정반대지만 다툼도 끝이 길었다. 보수가 더 많다는 핑계로 아빠가 지방 근무를 자원해 간 것도 당분간 떨어져 살아보자는 나름의 해결책이었다.

"아빠 언제 돌아와요?"

"서너 달 뒤면 아주 올라올 거다. 이제 아홉 달 지나갔으니."

"아, 벌써 그렇게 됐나? 병원에 있다보니 세월 가는 줄 모르겠네."

"병원 생활 길어지는데 자주 와보지도 못하고 너랑 엄마한테 미안하구나."

"뭐, 보호자가 둘씩 있을 필요는 없으니까. 그리고 아빠 병실에서 할 일도 없을걸요, 할 수 있을지도 모르지만."

"날 무시하는 거냐?"

"뭐, 무시라기보다 엄마처럼은 못할 거라는, 그런 뜻이랄까. 엄마 진짜 대~단하거든요."

"그건 나도 잘 알지. 엄마가 원래 양 극단이잖냐. 부실맨이면서 철저니스트."

형이 거드는 소리에 쿡쿡 웃음이 났다.

"부실맨? 부실우먼이겠지! 그것도 총체적 부실녀. 킥킥……."

몸이 약해 골골하는 데다 위장병에 허리디스크로 고생하고, 얼마 전엔 무릎 연골까지 찢어진 엄마를 빗댄 표현으로 딱이다 싶다. 어쩌면 엄마의 철저함이며 완벽주의 기질이 자기 몸마저 망가뜨리

70

는지도 모른다. 무균실에서도 입실할 때 받은 지침서를 어기면 큰일이라도 날 것처럼 엄마는 청소에 몰두했다. 하루 두 번 알코올과 락스 걸레로 벽부터 바닥까지 죄 닦고 침대 주변은 더욱 꼼꼼히 닦아냈다. 지침서에 적혀 있는 대로.

그러나 내가 보기에는 일종의 강박 같았다. 엄마는 해야 할 일이 정해지면 예외를 두지 않는다. 아빠는 엄마의 그런 점을 특히 피곤해하고 못 견뎌 했다. 벗은 옷을 아무 데나 집어던지는 아빠와 정리정돈 안 되어 있는 걸 못 참는 엄마. 덕분에 우리 집은 비명을 지를 만큼 깨끗했고, 엄마는 늘 바빴다. 소독 청소 한번 더 하는 것보다 따듯한 말 한마디가 아픈 애한테는 더 위로가 된다는 걸 모르는 건지 모르는 체하는 건지 나는 언제나 궁금했다.

"아빠, 엄마 성격이 원래 저랬어요?"

"엄마 성격이 어떤데?"

"차갑고 매정하고 입마저 다물면 찬바람이 몰아치잖아요. 냉정 매정 무표정의 철벽녀."

"철벽녀?"

이번엔 형이 쿡쿡거렸고 아빠도 빙그레 웃었다.

"그런가? 하긴 요즘엔 좀 그런 것도 같네."

"예전엔 안 그랬다고요?"

아빠는 오래전 기억이라도 떠올리듯 아득한 얼굴을 했다.

“……맑고 명랑한 사람이었지. 수다쟁이였고. 할아버지 집이 있는 강원도까지 가는 내내 한 번도 입을 다물지 않았으니까.”

“정말요?”

엄마가 루미 엄마처럼 수다쟁이였다니 믿기지 않았다.

“소지품 잘 잃어버리고 길 못 찾아 자주 헤매면서도 돌아다니는 걸 엄청 좋아했어. 텔레비전에서 멋진 데가 나오거나, 어디 좋다는 곳 얘기만 들으면 가는 길을 지도에서 손가락으로 짚어보곤 했지. 그러면서 마음 설레어하고.”

“엄마가요?”

“왜, 안 믿기니?”

형도 나도 어깨를 으쓱했다.

“하긴 나도 그렇구나. 어느 날 문득 보니까 내가 알던 사람이 아닌 다른 여자가 내 옆에 있더라. 아무리 나이를 먹어도 네 엄마만은 늘 스물다섯일 거 같았는데. 같이 있는 시간이 오래될수록 모르는 게 더 많아지는 건가?”

형이 불쑥 물었다.

“엄마를 어떻게 사랑하게 됐는데요?

“……나한테 온 세상을 선물했거든.”

“예?”

아빠는 눈을 가늘게 뜨고 허공을 올려다보며 꿈꾸는 듯한 표정까지 지었다.

"내 생일날 동아리방으로 오라더니 눈을 반짝반짝 빛내면서, 여기 온 세상이 있어, 하더라고. 커다란 지구본을 주면서. 아마 그때였을 거야."

풋, 웃음이 나올 뻔했다. 유치하기는. 지어낸 얘기 같기도 하고, 로맨스소설 속 이야기 같기도 했다. 믿어지지는 않지만, 엄마 아빠는 대학 다닐 때 여행 동아리에서 처음 만났다고 한다. 그래서 자식들 이름까지 산이와 강이로 짓는 데 마음이 금세 맞았다나. 어쩌면 내가 세상 구석구석을 돌아다니고 싶은 꿈을 버리지 못하는 건 부모의 유전자 탓인지도 모른다. 지구 끝까지, 사람들 발길이 미치지 못하는 오지를 찾아가 자연과 문화와 생명을 만나고 내 안에 품고 돌아오기. 떠날 때의 나와 돌아올 때의 나는 전혀 다른 존재가 되어 있지 않을까. 낯선 것들과의 만남과 소통으로 새롭게 태어나는 나.

"낭만적이네. 나도 대학 가면 그런 여친 생기려나?"

형이 그렇게 말하니까 유치하다 싶던 게 돌연 낭만적인 걸로 바뀌었다.

"뭐, 너 하기 나름이겠지. 네 성격 보면 이 아빠랑 비슷해서 너도 그런 여친 만나지 않을까 싶은데?"

"그러다 한 이십 년 같이 살면 부실맨에 철벽녀로 바뀌고?"

내가 끼어들며 킥킥거리자 아빠도 형도 따라 웃었다. 볼일 보러 나간 엄마 흉을 보느라 우리 셋은 시간 가는 줄 몰랐다. 전에도 셋이 한통속으로 엄마를 왕따시킬 때가 적지 않았다. 그러고 보니 어렴풋이 생각이 난다, 오래전 엄마가 높은 소리로 떠들며 웃던 장면 하나가.

"비 온 뒤 맑아진 공기에 바람까지 부니까 나뭇잎들처럼 날아갈 거 같아! 아, 어디로든 떠나고 싶다!" 하며 주워온 빨간 단풍잎들을 책갈피마다 끼워넣던, 철딱서니 없는 소녀 같던 들뜬 표정. 어제 아줌마들하고 있을 때는, 찰나였지만 엄마의 옛 모습을 본 것도 같다. 그런 엄마를 저토록 변하게 한 건 무엇이었을까.

두 얼굴의 루미

루미는 독특한 아이였다. 아니, 그 집 식구들 모두 색달랐다. 입원한 지 스무날이 되도록 가리산지리산, 정서불안 청소년처럼 구는 루미 엄마. 얼굴은 까무잡잡하고 어깨는 딱 벌어지고 짧은 머리칼은 바늘처럼 솟구쳐, 마치 드라마에 나오는 조폭 같아 보이는 루미 아빠. 그리고 울보 루미. 아니, 잘 우는 만큼 웃기도 잘하는 애였다. 처음 며칠 동안은 울고 징징거리며 하루를 보내더니 갈수록 울음보다 웃는 일이 늘었다. 깔깔거리기도 하고 제 아빠만 오면 한없이 수다를 떨다가 때때로 예술 작업에 몰두하기까지 했다.

한번은 루미 엄마가 지점토를 침대에 붙은 탁자 위에 펼쳐주자 루미가 신이 나서 달려들었다. 덕분에 텔레비전 리모컨이 처음으로 내게 옮겨왔다. 채널을 이리저리 돌려봤지만 볼 만한 게 없었다. 드디어 리모컨을 차지했는데 프로그램들이 호응해주질 않는다. 나는 전원을 꺼버리고 엠피스리 볼륨을 한껏 높여 틀어놓았다. 텔레비전 소리가 그쳐 조용해진 병실 안에 노래가 흘렀다.

노랫가락에 섞여 투덜대는 소리가 들렸다. 루미가 바늘 꽂힌 오른손이 아픈지 왼손만으로 조몰락대다 짜증 내는 소리였다. 긴 줄이 매달린 주사바늘이 늘 꽂혀 있는 건 참 불편한 일이다. 씻는 것은 물론 먹는 것도, 환자복 갈아입기도, 만들기도 당연히 쉽지 않다. 자세를 조금만 잘못 잡아도 통증이 오고 피가 새나온다. 결국 두어 시간을 넘기지 못하고 루미는 자기 엄마더러 치워버리라고 했다.

"왜? 너 만들기 좋아하잖아?"

"손 아파."

"살살 하면 괜찮을 텐데."

"잘 안 돼."

"그래도 계속해보지. 가만있기 지루하잖아."

루미는 대꾸조차 귀찮은지 뒤로 벌렁 누웠다.

"그럼 퍼즐맞추기 할래? 블록쌓기? 종이접기?"

루미 엄마가 지치지도 않고 꺼내 들이대는 것들을 보니, 저 조그만 수납장 서랍이 그 많은 걸 담아둘 수 있다는 게 감탄스러웠다. 서랍 위에도 보드게임이며 종이퍼즐이며, 색칠공부까지 작은 문구점을 통째로 옮겨놓기라도 한 거 같았다. 그렇게 쌓인 놀잇감들로 뭐라도 하게 하려는 제 엄마의 안달에도 루미는 심드렁했다.

초저녁잠이 깜빡 들었다 깨어나니 열두시가 넘은 한밤중이다. 보호자 침상에 곤히 잠든 엄마 옆을 지나 화장실로 가다 말고 깜짝 놀랐다. 옆 침대에 루미가 일어나 앉아 있었다. 아무 기척 없이, 미동도 않은 채.

'오줌 마려운가?'

그러나 루미는 화장실에 갈 생각도, 옆에 잠든 제 엄마를 깨울 생각도 없어 보였다. 맞은편 벽의 텔레비전 화면만 뚫어져라 보고 있었다. 그보다는 노려본다는 게 맞을 거다. 복도에서 가끔 들려오는 간호사들 발소리 말고는 고요한, 작은 비상등 하나만 켜진 어둑한 병실에서, 컴컴한 텔레비전 화면에 눈을 박은 채 고개도 까닥하지 않았다. 그러고 있으니 초등학생이 아니라 중학생, 아니 고등학생쯤은 된 애 같았다.

내가 화장실 들어갔다 나올 때까지도, 침대에 누워 다시 잠을 청할 때도, 루미는 그 자세 그대로 텔레비전 화면만 노려보고 있었다. 마치 그림 속의 정물 같았다.

다음날 나는 어젯밤 루미 모습이 생각나 옆 침대를 힐끔거렸다. 아침식사를 거부한 루미는 점심밥이 온 지 한참 지났는 데도 꼼짝 않고 누워 있었다.

"뭐라도 먹어야 빨리 낫지."

반응이 없으니까 루미 엄마가 더 끌탕을 했다.

"그렇게 아무것도 안 먹으니까 속이 더 안 좋잖아."

"……울렁거리는데 어떻게 먹으라고?"

뒤집어쓴 시트 속에서 루미의 가는 목소리가 새나왔다.

"그래도 나으려면 먹어야지. 강이 오빠 봐. 잘 먹으니까 회복도 빠르잖아."

모처럼 나온 돈가스 고깃덩이가 목에 덜컥 걸렸다. 캑캑거리며 물을 찾는데 루미가 시트를 홱 젖히더니 자기 엄마를 쏘아보았다.

"왜 비교를 해? 치사하게."

"사실이 그렇잖아. 계속 항암제 맞는데 먹지도 않으면 어떻게 버티겠니?"

루미가 잠깐 생각하더니 야무지게 물었다.

"그럼 먹고 토하는 게 나아, 안 먹고 안 토하는 게 나아?"

"뭐?"

루미 엄마가 어이없어하는 사이 루미가 속사포처럼 쏴붙였다.

“안 먹고 안 토하는 게 낫지? 그러니까 안 먹어!”

나는 웃음을 참았고, 루미는 다시 누워 머리끝까지 시트를 뒤집어썼다. 속 메스껍고 자꾸 토할 때는 냄새는 고사하고 음식 소리만 들어도 구토가 나온다. 차라리 굶거나 물 종류만 조금씩 마시는 게 나은데, 루미 엄마는 안 먹겠다는 루미와 식사 시간마다 실랑이를 했다.

“그럼 뭐, 다른 거라도 사다줄까? 먹고 싶은 거 있니?”

“울렁거리니까 말 좀 시키지 마!”

쉽게 포기 못하는 제 엄마를 다시 내친 루미는 또 구토가 올라오는지 상을 찌푸리며 일어나 앉았다. 입안에 고인 것을 뱉게 해달라는 손짓을 연거푸 하는데도 루미 엄마는 알아듣지 못했다.

“뭐라는 거야? 뭘 어쩌라고?”

결국 루미가 수납장 위의 종이컵을 겨우 집어들더니 침 섞인 물을 왈칵 뱉었다. 그러고는 제 엄마를 향해 내던졌다. 해 질 무렵이 되자 루미가 이번에는 배가 아프다며 징징대기 시작했다.

“아, 배 아파, 배 아파.”

루미 엄마는 딸한테 당한 것도 잊고 부랴부랴 달려갔다.

“배 어디가 아파?”

“여기.”

“얼마나 아픈데, 응?”

“루미야, 1부터 10까지 중에서 몇 번 정도로 아픈지 말해볼래?”

불려온 간호사가 거듭 물어도 루미는 대답 못하고 끙끙거리기만 했다.

“말을 해야 어떻게든 해주지.”

“얘!”

루미가 움찔하더니 동그란 눈이 더 동그래져서 나를 보았다. 불쑥 불러놓고 나도 놀랐다. 징징거림이 길어질까봐 짜증도 났고, 어수선한 상황이 빨리 끝났으면 싶은 마음에 나도 모르게 앞서 가버렸다. 하지만 꼬리를 뺄 수도 없어 국어책 읽듯 읊기 시작했다.

“얼마나 아픈지 내가 말하는 것 중에서 골라봐! 1번, 날카롭게 아프다. 2번, 둔하게 아프다. 3번, 욱신욱신 쑤신다. 4번, 저릿저릿하다. 5, 화끈화끈하다. 6, 타는 듯한 느낌이다. 7, 칼로 베인 것처럼 아프다. 8, 바늘로 찌르는 것 같다. 9, 장이 꼬이는 거 같다. 10번, 죽을 거 같이 아프다. 몇 번이야?”

루미가 나를 멍하니 바라보더니 “9번.” 하고 속삭이듯 말했다. 그러곤 얼굴이 빨개졌다. 내 말에 직접 대꾸한 건 처음이다.

“장이 꼬이는 거 같다네요. 주치의 부르셔야겠는데요.”

내가 다소 퉁명스레 말을 던지자, 루미 엄마가 뭐라 중얼중얼하더니 간호사한테 주치의를 불러달라고 부탁했다.

“루미, 배 많이 아프다고?”

수술실에서 나오자마자 불려왔는지 주치의는 초록색 수술복을 입은 채였다. 'D-3 S-5 H-1 C-1…….' 허벅지 부분에 굵은 펜으로 잇따라 쓰인 영어 알파벳과 숫자 들의 조합을 보니 숨 가쁘게 돌아갔을 수술실 정경이 눈앞에 그려졌다.

"언제부터 그랬어? 타이레놀 좀 먹을래?"

루미는 고개를 저으며 기어 들어가는 목소리로 대답했다.

"약은 안 먹을래요."

루미 엄마가 참지 못하고 끼어들었다.

"아까부터 자꾸 아프다는데 왜 그런지 모르겠어요. 약은 안 먹겠다 하고."

"글쎄요, 구토도 안 하고 설사도 안 한다니 검사해볼 것도 없고."

"선생님, 그래도 자꾸 아프다잖아요. 장이 꼬이는 것 같다는데."

"진통제를 좀 먹어보면 좋을 텐데."

루미가 이번에는 소리를 높여 거부했다.

"약은 싫어요!"

아프다면서도 약은 굳이 안 먹겠다는 루미 때문에 병실이 또 시끄러웠다. 짜증이 나면서도 이해가 갔다. 나 역시 약 소리만 들어도 입이 쓰니까.

"정 그러면 시티라도 찍어볼까요? 뭐, 특별한 증상이 나올 거 같지는 않지만."

“싫어! 수술 안 해!”

“루미야, 시티는 수술이 아니라 엑스레이 같은 거야. 처방 낼 테니까 찍으러 갈 준비하고 있어라.”

병실을 나가는 주치의 등 뒤에 대고 루미는 기어코 확인 사살을 했다.

“정말 수술 아니죠? 주사도 아니죠?”

영상의학과에 가서 시티촬영하고 오라고 간호사가 전달하자 루미가 휠체어 타령을 했다.

“엄마, 나 그거.”

“뭐?”

“바퀴 달린 의자.”

“휠체어? 뭐 하게?”

“타고 간다고!”

“두 다리 멀쩡하면서 휠체어는…….”

투덜대며 루미 엄마가 휠체어를 밀고 들어오자, 이번에는 머리를 빗겨달라며 고집부렸다.

“예쁘게 묶어줘.”

루미 머리칼을 빗겨 새 날개 모양 핀을 찔러주면서도 루미 엄마는 입을 다물 줄 몰랐다.

“어이구, 병실 밖으로 나들이 가실 거라 이거지? 왜, 강이 오빠한테는 미친년마냥 헝클어진 머리칼 보여줘도 괜찮고?”

루미가 나를 힐끗 보더니 제 엄마를 향해 혀를 쏙 내밀었다. 아기들 용 휠체어에 앉았는 데도 자리가 넉넉한 걸 보니 얼마나 몸이 가는지 알 거 같았다. 아무리 2월생이라 한 학년 일찍 들어갔다지만 5학년치고는 작아도 너무 작았다.

시티촬영을 하고 돌아온 루미가 화장실에 들어가 한참만에야 나왔다. 루미 엄마는 시티 결과를 왜 빨리 알려주지 않느냐며 호출 버튼을 누른다 간호사한테 물어본다 호들갑이고, 그사이 루미는 화장실을 두어 번 더 들락거리더니 낯빛이 편안해졌다.

“이젠 괜찮아.”

“뭐가 괜찮아?”

“배 안 아프다고.”

씨익 웃기까지 하니 루미 엄마가 어이없어하며 큰소리를 냈다.

“뭐야! 똥 싸니까 괜찮단 말이야?”

“엄만!”

제 엄마를 흘겨본 루미가 내 눈치를 슬쩍 보았다.

“예상대로 별것 없고요, 장염 증세가 약간 보이네요.”

주치의가 들어와 시티 결과를 알리자 루미가 보란 듯이 제 엄마한테 톡 쏘았다.

“거 봐! 뭐가 있다잖아!”

"있긴 뭐가 있어! 네가 잘 안 먹으니까 장에 염증이 생긴 거지!"

"선생님, 그런 거 아니죠?"

"아니긴 뭐가 아니야? 맞죠, 선생님?"

주치의가 웃음을 참는 얼굴로 누구에게랄 것 없이 고개를 끄덕거렸다. 사람 좋아 보이는 둥글둥글한 얼굴이 금세라도 웃음으로 빵 터질 것 같았다. 병실에만 갇혀 사는 내게 노트북과 와이브로 단말기를 빌려주기도 하고, 아프다는 아이가 있으면 늦은 밤에라도 다시 와 살피곤 하는 젊은 여의사다.

"뭐, 꼭 안 먹어서라기보다는⋯⋯. 어쨌든 잘 먹는 게 좋겠죠?"

"그것 봐라."

"치, 선생님도 엄마 편만 들고!"

"편은 무슨. 네가 말도 안 되는 고집을 자꾸 부리니까 선생님이 공정하게⋯⋯."

"그만 좀 해! 완전 수다 마녀, 잔소리 대마왕이야!"

루미가 쏘아붙이는 바람에 루미 엄마는 말도 맺지 못하고 얼굴이 벌게졌다. 나도 웃음이 터지는 바람에 마시던 물까지 내뿜고 말았다. 덕분에 앞자락이 젖어, 엄마는 급히 새 환자복을 가지러 가야 했다.

"새끼 잃은 어미 제비는 문 앞을 횡– 횡 날아다니며 지지배배,

지지배배 울어 댔어. 원님이 말했어. 네가 새의 말을 알아듣는다고 하니 지금 저 제비가 뭐라 재잘대며 날아다니는지 맞춰보아라. 아이가 대답했지. 저 제비는 원님의 소매 속에 들어간 자기 새끼를 돌려달라고 합니다. 뼈도 못 쓰고 가죽도 못 쓰고 깃털도 못 쓰는 새끼 제비를 왜 데려갔냐며 어서 돌려달라고 합니다……."

조잘조잘 이야기 소리에 낮잠에서 깼다. 언제 왔는지 침대에 나란히 앉은 동생한테 루미가 책을 읽어주고 있었다.

"용하다. 네가 새의 말을 알아듣는다더니 거짓이 아니구나. 여봐라, 저 아이를 풀어주어라……."

원님 목소리까지 흉내 내는 누나 옆에서 눈을 반짝이며 듣는 동생.

'루미한테 저런 면도 있었네?'

열한살 초딩이라기보다 의젓한 누나였다. 오후의 햇살이 유리창으로 비스듬히 비쳐들어 루미 얼굴에까지 그림자를 엷게 드리웠다. 이야기책 읽기는 이내 끝말잇기로 이어졌다.

"병원." 하고 루미가 시작하자 동생이 "원수." 하고 냉큼 받았다.

"수염." "염소." "소식." "식, 식……." 하다 말고 씩씩거리더니 울음을 터뜨리는 동생.

"왜, 식당도 있고 식사도 있잖아? ……알았어, 알았어. 다른 걸로 할게. 음……, 동생."

그래도 울음이 멎지 않는 동생한테 루미가 재빨리 제안을 했다.

"우리 미끄럼놀이 할까?"

그제야 동생이 뚝 그쳤고 남매는 미끄럼놀이를 시작했다. 동생이 침대 머리에 앉자 루미는 올림 버튼과 내림 버튼을 번갈아 눌렀다. 침대가 위로 솟구칠 때마다 동생은 깔깔거리며 주르륵 미끄러져내렸다. 침대 발치에 앉은 루미도 덩달아 흔들거리며 환하게 웃었다. 몸은 병실 침대 위에 있지만 저 아이들의 영혼은 놀이터에서 미끄럼을 타고 있는 것 같다. 하긴 나도 저만 할 때는 놀이터에서 해 저무는 줄 모르고 놀았다. 시소 타고 그네 타고 정글짐도 오르고…….

동생이 아빠와 함께 돌아갈 때 루미가 게임기를 내밀었다.

"누나는 많이 놀았으니까 너 갖고 가. 실컷 놀고 다음번 병원에 올 때 가져와."

루미 입원 직후, 큰집 식구들과 함께 온 동생이 루미 손의 게임기를 보자마자 울음을 터뜨렸었다. 누나가 아파 선물 받은 거라며 달래도 막무가내로 울다 병실 밖으로 쫓겨났었다.

동생이 돌아간 뒤 다시 정물처럼 꼼짝 않고 앉았던 루미가 마침내 색종이를 집어들었다.

"종이접기는 할 만해?"

반색하는 제 엄마한테 대꾸조차 없이 열중하더니 금세 작품 하나를 만들어냈다. 초딩치고는 집중력이 꽤 좋은 모양이다. 나는 링거줄로 꽃 접기도, 멸균장갑으로 풍선 만들기도 바로 때려치울 만큼 병실에서는 몰두가 안 되던데, 루미는 저녁 내내 꼼짝 않고 종이만 접었다. 작은 수납장 위에 종이접기 작품들이 하나둘 늘어났다. 꽃송이들이며 나비, 거북이, 풍뎅이………. 제 엄마 말마따나 솜씨가 꽤나 좋은 아이였다.

처음 입원해 울고 징징거릴 때는 떼쟁이 괴물 같기만 했는데, 이제는 말없이 종이접기에만 몰두하는 루미가 다른 아이 같아 보였다. 착하고 예쁘고 손재주도 좋아 선생님들 귀여움을 독차지할 법한 아이? 두 얼굴의 야누스 같다고나 할까. 아이들은 단순해서 그 안에 뭐가 들었는지 고스란히 알 수 있다고 하지만 그 말은 틀렸다고, 루미를 보며 생각했다. 어쨌건 종이접기에 몰두하는 루미 덕에 병실은 조용해졌고 텔레비전 리모컨까지 확보했으니 나로선 고마울 따름이었다.

화장실에 다녀오다 보니 종이접기 책까지 들여다보며 루미가 낑낑대고 있다. 도전 종목은 학 접기였는데 이번만큼은 쉽지 않은 듯 이렇게 저렇게 접어보며 고개를 갸웃거린다. 콧잔등에는 작은 구슬처럼 땀방울까지 맺혀 있다.

"좀 도와줄까?"

움찔, 루미 손이 멎었다. 그러나 손만 멈췄을 뿐 고개를 들지도 나를 보지도 않았다.

"오빠 학 잘 접어. 가르쳐줄게."

"……내가 해볼게요."

루미는 고개를 숙인 채 새침하게, 그러나 따박따박 대답했다.

"그럼 잘해봐. 나도 종이 한 장만 얻어 갈게."

수납장 위에 쌓인 종이들에서 한 장 집어 들고 내 자리로 왔다. 학이라면 자신 있다. 초딩 때는 백 마리 학을 접어 유리병에 담아 여자애한테 선물하는 '짓' 까지 했으니까.

그러니까 지금 루미보다 한 학년 아래인 4학년 때였다. 교실에서 조그만 새장 안에 새 한 마리를 키웠다. 일주일씩 교대하는 새 모이 당번에 나랑 한 여자애 차례가 되었을 때 하필 새가 죽었다. 우리는 선생님 허락을 받아 그 새를 종이로 여러 겹 싸서 운동장 한 구석 목련나무 밑에 묻어주었다.

"죽는다는 건 도대체 뭘까?"

그 말에 옆을 돌아보다 여자애의 눈물 고인 눈과 마주쳤다. 그때부터 그 애가 내 마음 안에 자리 잡았다. 이듬해에 나는 병이 났고, 그다음 해 6학년 때 그 애와 다시 한반이 되었다. 나도 모르게 그 애를 눈으로 자꾸 쫓아다녔다. 마치 하얀 새 떼라도 내려앉은 것처럼 목련꽃들이 탐스럽게 핀 봄날, 그 애가 창틀에 턱을 괸 채 중얼거리는 소리를 들었다.

"죽은 새의 영혼이 다시 살아난 거 같아."

그 무렵 종이학 천 마리를 접으면 마음속 소원이 이뤄진다는 얘기를 책에서 읽었다. 접는 법을 익혀 종이학 백 마리를 채워, 겨울방학 직전 유리병에 담아 그 애한테 선물했다. 내가 남자중학교에 배정받는 바람에 그 뒤론 그 애를 보지 못했다. ……그 애는 나보다 먼저 고등학생이 되겠지.

곁눈질로 루미를 살폈더니 관심 없는 척 고개를 외로 꼬면서도 내 손을 기웃거린다.

"너 쌍학 봤니? 머리 둘 달린 학?"

갑작스런 내 질문에 루미가 무심코 고개를 젓다 말고 도로 꼿꼿이 고정시켰다.

"원래 학은 행운의 상징인데 머리가 둘이니까 행운을 두 배로 가져다주는 멋진 학이야."

자동인형처럼 루미 고개가 천천히 내 쪽으로 돌았다. 나는 반쯤 장난을 섞어 아무렇지 않게 말을 흘렸다.

"너, 요즘 착하더라. 이젠 잘 울지도 않고 약도 잘 먹던데? 토하지만 않으면 좋을 텐데. 물론 그게 맘대로 되는 건 아니지만, 토하면 더 힘들잖아? 내가 하나 가르쳐줄게. 토하기 전에는 증세가 있거든. 누워 있을 때 울렁거리면 일어나지 마. 앉았을 때 울렁거려도 누우면 안 되고. 그러니까 메스꺼울 때는 그대로 가만있어야 해. 약 먹을 때는 자세가 안 좋아도 토하고, 울다가 먹어도 토해. 싫다고 생각하면 더 토하고. 너 약 먹을 때마다 먹기 싫다는 생각 하지?"

속마음을 들킨 듯 루미가 눈을 아래로 내리깔았다.

"그러니까 더 토하는 거야. 이 약 먹으면 내가 나을 거야, 나아서 집에 가게 해주는 고마운 약이야, 약 한번 먹을 때마다 집에 갈 날이 그만큼 빨라지는 거야, 생각하고 먹어봐. 알겠니?"

루미는 가만히 고개를 까닥거렸다.

"하나 더, 약을 보지 말고 얼굴을 다른 데로 돌리고 먹으면 좀 나아."

"……알겠어요."

루미가 처음으로 입을 열어 대답했다. 그 앞에 내 작품을 쓱 내밀었다.

"짜잔~! 멋있지?"

루미가 머뭇거리더니 쑥스러워하며 팔을 뻗었다. 제 손바닥에 머리 두 개 달린 종이학이 놓이자 예쁘게 포장된 선물이라도 받은 것처럼 함박웃음을 지었다. 한쪽 볼에 보조개가 살짝 파였다.

겨울 들판의 두루미

창밖 '햇살나눔' 정원에는 나무가 많았다. 그래서 바람 불거나 구름 많은 날이면 병실에서도 숲속 같은 기분이 들었다. 바람이 몹시 불던 날 아침, 열어놓은 창으로 초록 단풍잎이 날아와 내 침대 위에 떨어졌다. 창밖을 보니 술렁이는 초록 이파리들 사이로 새 둥지 하나가 얼핏 보였다. 주변에 큰 나무도 많은데 하필 단풍나무 가지에 자리 잡은 둥지는 위태로워 보였다. 가는 나뭇가지가 흔들릴 때마다 금세라도 부서져내릴 것 같았다. 부실한 둥지가 못 미더운지, 거기 새가 날아드는 걸 본 건 딱 한 번이다.

"새다!"

비 오는 저물녘, 루미가 외치는 소리와 동시에 창밖에서 날갯짓 소리가 들렸다. 작은 새 한 마리가 촉촉이 젖은 창틀에 앉았다가 단풍나무 옆, 버드나무 가지로 날아갔다. 바람에 나뭇가지는 휘청~

흔들리고, 새는 가느다란 발가락으로 나뭇가지를 움켜쥐었다. 바람은 새를 떨어뜨리지 못해 안달하고, 새는 버티려고 온 힘 다하는 듯했지만 아슬아슬했다. 바람이 또 한 차례 나뭇가지를 흔들자, 덩달아 출렁이던 새는 둥지 안으로 들어가지 못하고 날아가버렸다. 새가 사라져간 하늘이 그날의 겨울하늘처럼 흐릿하고 쓸쓸했다.

초등학교 마지막 겨울방학 때, 엄마가 제자들과 철새 보러 간다는 말을 듣고 따라붙었다. 몸도 마음도 바닥으로만 치닫던 내게 하늘을 난다는 건 또 다른 세상으로 가는 출구 같았다. 찬바람 부는 흐릿한 하늘에 이따금 눈발이 날렸다. 분단 이후 인간이 쫓겨난 땅이라 새들에게는 '우연히 생긴 낙원'이 되었다는 철원 땅에 도착했다. 흩뿌리던 눈이 그치자 들판을 뒤덮은 안개 사이로 해가 희미하게 빛났다. 전쟁 때 폭격으로 뼈대만 남았다는 을씨년스러운 건물 뒤로 멀리 야산이 보이고, 윤곽뿐인 새들이 뿌연 하늘을 날아갔다.

그곳까지 가는 차 안에서 이끔이 선생님은, 두루미를 본 사람은 행복해지고 사랑을 나누는 춤까지 보면 두 배로 행복해질 거라 했다. 그런데 오늘 두루미나 사랑춤을 볼 수 있을지 모르겠다면서, 습지를 비롯한 서식지가 파괴되어 철원을 찾는 새들이 갈수록 줄고 있다고도 했다.

회색 하늘 멀리서 나팔소리 같은 울음소리가 바람에 실려왔다. 선생님이 다급하게 한곳을 손가락으로 가리켰다. 마침 바람이 살을 엘 듯 불고, 누런 갈대들이 휘어져 누웠다. 그 바람을 타고 한떼의 두루미가 날아왔다. 두루미들은 커다란 날개를 접고 가볍게 내려앉더니 경계하듯 주위를 둘러보고는 깃털을 다듬기 시작했다.

훨씬 앞쪽, 희끗희끗 눈 덮인 밭고랑에 새하얀 두루미 두 마리가 우아하게 서 있었다. 흰 날개 끝 먹물처럼 검은 깃털이며 새까맣고 기다란 목, 눈부시게 하얀 몸 아래 쭉 뻗은 길고 검은 다리, 핏빛처럼 선명한 붉은 머리가 망원경 렌즈 속에서도 그림처럼 아름다웠다. 종이로 접고 또 접은 학이 바로 저 두루미라는 사실에 나는 또 한번 몸을 떨었다.

겁이 많다는 두루미가 놀라 달아나지 않도록 허리를 낮추고, 숨 죽인 채 살금살금 기어갔다. 덤불숲 뒤까지 가서 무릎 꿇고 앉아 학들을 지켜보았다. 두루미 두 마리가 머리를 서로 맞대더니 긴 목을 쳐들고 부리를 하늘로 향한 채 함께 울었다. 뚜룹… 뚜르… 뚜릅… 뚜르…. 구슬픈 울음소리가 회색 하늘로 퍼져나갔다. 내 입에서도 입김이 피어올랐다.

나도 모르게 두 손을 소리 없이 뻗었다. 순간 두루미들이 날개를 치며 날아올랐다. 내 몸을 덮고도 남을 듯 긴 날개로 순식간에 하늘 높이 떠올랐다. 신호라도 받은 것처럼 다른 새들도 일제히 날아올랐다. 하늘에서 울음소리가 울려왔다. 마치 "가까이 오지 마." 하고 말하는 것 같았다. 멀어지는 소리와 함께 작은 점이 된 새들이 먼 하늘로 사라져갔다. 잠시 꿈을 꾼 것 같았다.

두루미들의 독특한 울음소리가 집에 온 뒤에도 내내 맴돌았다. 몸이 천근만근 가라앉을 때면, 커다란 몸집으로도 가볍게 날아오르던, 바람을 안고 춤추듯 하늘로 오르던 새들이 아른거렸다.

"두루미처럼 커다란 날개를 만들어 어깨에 매달면 날 수 있을까?"

종이를 꺼내 학을 접었다. 어느새 내가 늘 접던 식이 아니라 다르게 접고 있었다. 의지와 상관없이 손가락이 맘대로 움직였고 내 손 끝에서 두 머리 학이 태어났다.

루미가 처음으로 먼저 내게 말을 걸어왔다.

"오빠……, 이거……."

손바닥 위에는 어제 내가 접어준 쌍학이 놓여 있다.

"뭐? 접는 법 가르쳐달라고?"

쑥스러운 듯 내 눈을 피한 루미가 고개만 까닥했다. 저럴 땐 고개 까닥이는 걸로 마음을 표현하는 꼭두각시인형 같다.

"머리 하나짜리 학을 접을 수 있으면 쌍학도 쉽게 배워. 그냥 학 먼저 접어볼래?"

루미는 침대 탁자를 세우더니 학을 접기 시작했다. 그러나 한 마리를 완성하기도 전에 루미 엄마의 성화에 약을 먹다가 사레들린 기침을 했다. 쏟아지는 기침 끝에 결국 토하고 말았는데 실핏줄처럼 가는 핏줄기가 섞여 있었다.

"어머나, 이게 뭐야! 피를 토했어! 어쩌면 좋아!"

루미 엄마가 펄쩍 뛰며 기겁을 하자 엄마가 타일렀다.

"혈소판 수치가 낮아서 그래요. 수혈해서 수치 올라가면 괜찮아져요."

루미 엄마는 주치의를 부르러 가려던 건 그만뒀지만, 루미를 침대에 눕히고 꼼짝 못하게 했다.

"엄마, 나 학 접기……."

"안 돼! 수혈 끝날 때까지 움직이지 마!"

무슨 일이든 처음에는 참고할 경험이 없으니 지나치게 받아들일 수 있지만 루미 엄마는 심했다. 어느날 새벽에 중심정맥관과 수액줄을 연결한 이음매가 빠져 내 환자복이며 시트가 피로 물들었을 때도, 우리보다 더 수선을 피웠었다.

"저를 어째요? 피투성이잖아! 어떡해요, 어떡해?"

이번에는 체온계까지 깨뜨리며 야단법석을 떨었다. 수혈을 시작한 루미가 열이 오르자 간호사가 겨드랑이에 체온계를 꽂아달라고 했다.

“좀 있다 확인할게요.”

간호사가 늦어지자 조바심치던 루미 엄마는 체온계를 빼내 눈금을 보려다 떨어뜨리고 말았다. 유리는 박살이 나고 은빛 수은이 병실 바닥 여기저기 흩어졌다.

“왜 전자체온계를 안 쓰는 거야? 큰 병원들은 다 그거 쓰던데. 후진 병원은 어쩔 수가 없다니까.”

투덜투덜 허둥지둥하는 루미 엄마를 두고 엄마가 유리조각을 주웠다. 수은도 얇은 종이 위에 모으는 사이 작은 구슬 같은 동그라미가 서로 붙고 또 붙고 하더니 커다란 동그라미 하나가 되어 종이 위에서 출렁출렁했다.

“엄마 품속으로 자꾸 파고드는 새끼 새들 같애.”

루미 말을 듣고 보니 그럴싸했다. 품속에서 어미와 하나가 된 새끼들. 병동에 마지막 남은 수은 체온계는 그렇게 사라졌다. 그것으로 모자라 루미 엄마는 딸이 덮어쓴 이불까지 걷어내지 못해 안달복달했다.

“루미야, 이불 좀 걷으라니까!”

“춥단 말이야.”

“간호사 선생님이 아무리 추워도 열날 때는 이불 덮지 말라잖아.”

“꺼지라 그래! 내 몸이 춥다는데 지들이 뭘 알아?”

"시키는 대로 해야 열이 빨리 내리지."

"아이참! 엄마 때문에 열 받아서 열이 더 나!"

열 오를 때는 춥고 내릴 때는 더워지니까 어련히 이불을 치울 텐데, 그만큼도 기다려주지 못하고 닦달하는 루미 엄마.

가슴 엑스레이를 찍으러 갔다오니 내 침대 옆 창턱에 작은 주스 병이 놓여 있다. 거기에 루미가 만든 종이꽃 다발이 꽂혀 있었다. 내가 의아해하자 루미 엄마가 말했다.

"루미가 오빠한테 주는 선물이래."

"왜 나한테?"

"글쎄, 그건 말 안 해주네."

이불을 걷어내고 얼굴에 땀까지 맺힌 루미가 나와 눈이 마주치자 재빨리 고개를 돌렸다.

다음날 새벽, 피검사한다고 불 켜는 바람에 깼는데 웬일로 루미가 벌써 일어나 있다. 주사기에 고무 지혈대에 작은 유리병이 빽빽이 꽂힌 수레가 들어왔는 데도 태연하기만 했다.

"웬일이니? 피검사라면 질색하는 우리 울보 공주가?"

놀라며 일어나 앉는 자기 엄마한테 나를 가리키며 속삭였다.

"오빠는 피를 어떻게 뽑아?"

저처럼 손등에 주사바늘을 꽂지 않고 가슴께에서 밖으로 길게 매달린 줄이 신기한 모양이다. 루미 엄마 대신 내가 대답했다.

"여기 히크만 밸브를 열고 빼."

"거기에 약 남아 있지 않나요?"

"주사기로 피를 먼저 한 번 빼서 버리고 다른 주사기로 다시 빼."

"아, 그렇구나."

"한번 볼래?"

잠자느라 중간까지 닫았던 침대 사이 커튼을 활짝 열었다. 중심 정맥관과 링거줄의 이음 밸브에서 빠져나온 피가 주사기로 들어가는 걸 루미는 눈 한번 깜빡이지 않고 지켜보았다. 검사원이 이번엔 주사기를 들고 저한테 가는데도 얼굴만 살짝 찡그렸다. 바늘이 팔을 찌를 때도 입술을 꽉 물고 인상을 썼을 뿐이다.

자! 이제 시작이야, 내 꿈을 위한 여행. 걱정 따윈 없어.

텔레비전에서 포켓몬스터를 하고 있었다. 아침밥을 먹은 뒤, 오랜만에 텔레비전을 켰으나 볼 만한 게 없어 내가 먼저 만화영화로 돌려놓은 참이다.

피카츄 라이츄 파이리 꼬부기 버터플 야도란 피존투 또가스
서로 생긴 모습은 달라도 우리는 모두 친구 맞아.

루미가 작은 소리로 따라 불렀다. 내가 초등학생 때도 포켓몬스터를 했던 기억이 난다. 텔레비전에 눈을 박고 노래를 따라 부르던 기억, 포켓몬 카드를 모으려고 먹지도 않을 빵을 수없이 사던 기억. 포켓몬 카드가 많아질수록 세상을 다 가진 기분마저 들었던 그 시절이 생각났다.

수납장 서랍을 열고 '꿈꾸는 일들' 수첩을 꺼냈다. 앞표지에는 지도가 그려져 있고, 뒤표지에는 포켓몬 스티커가 닥지닥지 붙어 있다. 작년 크리스마스 무렵 입원했을 때 병원 사회복지사들한테서 무릎담요와 포켓몬 스티커 묶음을 받았다. 소아청소년과 병동 환자 모두에게 같은 선물이 돌아갔다. 무릎담요는 다음날 옆자리로 들어온 한결이를 주었고, 스티커는 하나하나 수첩 표지에 붙였다.

"너 피카츄 좋아해?"

"뭐, 좋아한다기보다……."

"아, 그래? 난 또, 좋아하면 주려고 했는데."

수첩에서 떼어 내민 노란 스티커를 보더니, 루미가 침대에서 폴짝 뛰어내렸다.

"어, 피카츄네! ……정말 나 줄 거예요?"

"가져."

루미 얼굴이 막 떠오른 해처럼 환해졌다. 건네받은 스티커를 한

번 보고 내 얼굴을 한번 보더니, 어느새 수첩으로 눈이 갔다.

"또 갖고 싶은 거 있니?"

"우와! 다 있네요. 꼬부기, 삐삐, 이상해꽃, 파오리, 오뚝군, 모부기, 망키, 선더볼트, 잎새코, 윤겔라, 왕눈해……. 멋지다! 오빠도 이런 걸 모아요?"

"뭐, 변화무쌍 진화하는 캐릭터는 좋아하거든. 하나 더 골라봐."

"……팽도리."

내가 떼어 준 스티커를 루미는 집게손가락을 내밀어 받았다. 오렌지색 조그만 다이어리를 꺼내 스티커들을 붙이더니 작은 소리로 물었다.

"저…… 오빠, 하나만 더 주면 안 돼요?"

"원하는 거 떼어가."

아예 수첩째 내밀자, 루미는 한참 망설이다 크랩을 떼어 피카츄와 팽도리 옆에 붙였다.

나는 지난번 풍선 만들기를 하느라 얻어두었던 멸균장갑에 바람을 빵빵하게 불어넣었다. 주둥이를 묶고 손가락도 둘과 셋으로 나누어 묶으니 기다란 귀가 되었다. 장갑 풍선에 매직펜으로 쓱쓱 눈코 입을 그려 루미한테 날렸다.

"자, 피카츄 인형. 어! 꼬리가 없네. 크랩이랑 싸우다 잘렸대."

루미가 킥킥거렸다. 텔레비전 화면에서는 꼬리 멀쩡한 피카츄가 친구들과 달려가고 있었다.

"공을 받았으면 날려 보내야지. 힘 있게, 뻥!"

루미는 야구공 던지듯 있는 대로 폼까지 재며 장갑 풍선 공을 내게 보냈지만, 침대까지 못 오고 병실 바닥에 떨어졌다.

"오 마이 갓!"

루미 입에서 생경한 말이 튀어나왔다

"너 영어 잘~하는구나."

놀리는 줄도 모르고 생긋 웃으며 공을 주워 다시 날렸다. 이번에 루미 입에서 나온 말은 "에브리바디 오케이!"였다.

"대~단한걸. 나는 너만 할 때 영어 진짜 몰랐는데."

여전히 놀리는 것도 모르는지 루미는 자랑스러운 표정까지 지었다. 공이 저한테로 날아갈 때는 어색하게 느껴질 만큼 큰 소리로 웃기도 했다. 저 애가 저토록 크게 웃는 건 처음 보았다. 얼굴에는 발그레한 빛까지 돌고, 구르는 듯한 웃음소리에 병실은 떠나갈 것 같았다.

아이올라에서 스파게티를

"루미야, 어서 밥 먹고 약 먹고 가글해야지."

밥 타령을 그치지 못하는 제 엄마의 독촉에도 루미는 종이만 접었다. 학을 접을 수 있으면 쌍학 접는 법도 가르쳐주겠다고 한 내 말 때문인가보다. 덕분에 때가 지난 점심 식판이 한쪽에서 차갑게 식고 있었다.

"항암제 쉴 때라도 좀 먹어둬야지."

"루미야, 엄마 말 안 들려?"

루미 엄마가 연거푸 다그치자 루미는 고개도 손도 그대로인 채 입술만 달싹였다.

"엄마, 나는 입이 하나야."

"뭐어?"

"어떻게 밥이랑 약이랑 가글까지 같이 하냐고."

나는 웃음이 나오는데, 루미 엄마는 얼굴까지 붉어지더니 루미 손에서 종이들을 죄 빼앗았다. 그러고는 식판을 들어 소리도 요란하게 침대 탁자 위에 올려놓았다.

"조금만 더 하면 되는데……."

눈을 흘기는 루미 손에 루미 엄마가 수저를 억지로 쥐여주었다.

"아, 정말 맛없다."

마지못해 두어 숟가락 뜨다 말고 내려놓는 루미를 그 엄마가 가만둘 리 없었다.

"그래도 먹어야지, 아무리 맛없어도."

루미는 들은 척도 않고 휴대전화를 집어 들고는 부지런히 손가락을 놀리기 시작했다.

"황루미! 너 정말……."

루미 엄마가 말을 하다 말고 자기 휴대전화를 확인했다.

"뭐야, 이거! 네 짓이지?"

제 눈앞에 전화기를 들이미는 엄마한테 혀를 쏙 내밀고는 손가락 운동을 계속하는 루미.

"뭐? 엄마 바보 똥개 말미잘? 이게 엄마한테……. 이건 또 뭐라니? 딸기 먹고 싶다, 아이스크림 먹고 싶다, 스파게티 먹고 싶다……. 루미 엄마, 루미가 아이스크림 먹고 싶다네요. 어이, 딸내미가 스파게티 먹고 싶다잖아. 모른 척하기야?"

나는 웃음이 터지고 말았다. 루미 엄마도 어이없다는 듯 피식 웃더니 중얼거렸다.

"꼭 먹으면 안 된다는 것들만."

"스파게티는 괜찮댔어!" 하고는 뒤로 벌렁 누워버리는 루미.

"또 그놈의 스파게티 타령. 누가 원 푸드 아니랄까봐."

음식도 한 가지에 꽂히면 그것만 찾는다더니 그래서 루미 엄마가 원 푸드, 원 푸드 하는 모양이다.

루미 엄마가 공격 방향을 바꾸었다.

"그렇다고 병원에서 스파게티를 찾으면 어떻게 해?"

그대로 받아치는 딸.

"엄마가 해오면 되잖아."

딸이 덮은 시트까지 홱 젖히며 더 강한 공격을 날리는 루미 엄마.

"집에까지 가서 만들어오란 말이야?"

공격을 다시 받아 쳐내는 루미.

"못해? 아픈 딸을 위해 그것도 못해? 아니면 시켜주던가."

"스파게티가 배달이 되니? 된다 해도 불어서 어떻게 먹어? 엄마한테 눈 똥그랗게 뜨고 대들기는."

"그럼 눈을 네모나게 뜰 수도 있나?"

루미는 한마디도 지지 않았다. 탁구공처럼 주고받는 모녀의 말장난 같은 다툼은 웃기다 못해 유치했지만, 루미라는 이름과 스파게티는 왠지 세트메뉴처럼 어울린다는 생각이 들었다. 루미 엄마 말마따나 원 푸드라면서, 그렇게 좋아한다면 먹지 못하는 괴로움은 얼마나 크겠는가.

모녀의 1라운드가 끝나자 병실이 잠잠해졌다. 루미 엄마는 우리 엄마를 따라 나갔고, 루미는 다시 색종이를 집어들었다. 초딩치고는 정말이지 끈기가 있는 아이다. 그냥 도와줘버릴까 싶어, 학 접기에 골몰한 루미를 가만히 보고 있자니 손등에 바늘이 없다.

"주사 뺐네?"

루미는 살짝 놀란 듯했지만 대답은 금세 나왔다.

"손이 너무 부어서 잠깐 빼준대요. 저녁때 다시 꽂는대요."

제 엄마랑 말할 때와는 사뭇 다른 가느다란 음색, 얌전한 톤의 목소리.

"아, 그렇구나. ……그럼, 맛있는 거 먹으러 갈까?"

루미는 잘못 듣지 않았나 하는 얼굴로 나를 뚫어져라 올려다보았다. 실은 나도 놀랐다. 요 며칠 내가 안하던 짓을 자꾸 하고 있다.

"스파게티 먹고 싶다며? 먹으러 가자고."

사실 루미는 구실이었다. 나도 루미 못지않게 병원 음식 아닌 다른 걸 먹고 싶었다. 병실을 탈출해야 한다는 위험 부담이 있긴 하지만, 혹 들켜 혼나게 돼도 루미 핑계를 댈 수 있다는 얄팍한 속셈도 없지 않았다.

"주사바늘 뺀 기념으로 오빠가 사줄게."

머뭇거리는 루미를 재촉해 옷을 갈아입으라고 커튼을 둘러 쳐주었다. 나도 재빨리 갈아입고 주머니에 이것저것 쑤셔넣은 뒤 비니를 꺼내 알머리 위에 뒤집어썼다. 좀 덥긴 하겠지만 챙 모자보다는 간지 나니까.

'루미랑 산책하고 올게요. 마스크 꼭 쓰고 병원 안만 돌아다닐 거니까 걱정하지 마셈.' 하고 엄마한테 메모를 남겼다. 엄마들이 갖고 나간 빨랫감을 산부인과 병동의 세탁기에서 빨아 건조시켜 오려면 두세 시간은 족히 걸릴 테지만 매사 확실한 게 좋다. 휴대전화는 일부러 놓고 가는 것도 잊지 않았다.

"엄마들 돌아오기 전에 서둘러. 마스크 잊지 말고."

내가 다시 재촉할 때까지도 루미는 손거울로 제 모습을 살폈다. 프릴 달린 물색 원피스를 입고는 하얀 손뜨개 털모자를 썼는데 끝에는 커다란 방울이 달렸다.

"모자 예쁘네. 그래도 좀 더울 텐데……." 하다가 내 머리에 쓴 비니에 생각이 미쳤다.

"엘리베이터 쪽은 간호사들한테 들킬 수 있으니까, 계단으로 가자."

우리는 비상구 문을 열고 계단을 내려갔다. 오랜만에 한 계단 한 계단 내려가자니 현기증이 일었다. 중심정맥관마저 덜렁거려 신경 쓰였지만 설레는 마음이 훨씬 컸다.

'내가 병원에 갇혀 있는 동안 세상은 얼마나 달라졌을까.'

한동안 단절되었던 세상과의 대면에 축하인사라도 보내는 양, 병원 건물을 나서자마자 여름 햇살이 찬란하게 쏟아졌다. 공기는 투명했고 하늘은 말갛게 높았다. 붉은 보도블록 사이사이 파릇파릇 올라온 풀들, 길가의 들꽃들마저 한들한들 은근한 미소를 보내왔다. 뒤늦게 여름빛을 수혈 받기라도 한 기분이었다. 작지만 생명의 기운이 넘치는 풀꽃 무더기 옆으로 대학생으로 보이는 한 무리가 왁자지껄 떠들며 지나쳐갔다.

'나도 몇 년 뒤에는 저들처럼 가방 메고 책을 끼고 대학에 다닐 수 있겠지?'

"딴 세상 같다."

내 마음을 고스란히 대변하며 루미가 주변을 연신 두리번거렸다. 한쪽은 병원, 한쪽은 의대 건물, 다른 방향은 대학가로 연결되는 네거리 모퉁이에 이탈리안 레스토랑이 있다는 걸 알고 있었다. 입원 전 외래진료 다닐 때, 색색의 화려한 꽃들이 그려진 간판이 유난히 눈길을 끌었다. '아이올라'라는 이름 때문에라도 기억해두었던 곳이다. 내가 골수 이식을 앞두고 휴학하던 날, 국어선생님이 학교에서 멀리 떨어진 이탈리안 레스토랑으로 데려갔는데, 그곳

이름도 아이올라였다.

"입원하기 전에 맛있는 거 한번 먹여주고 싶었어. 이 집 해물스파게티가 이 동네에서는 가장 맛있는 거 같아. 네가 아무거나 좋대서 이리로 왔는데 괜찮겠니?"

괜찮긴, 최고였다! 파스타니 스파게티니 이름부터 낯선 외국 음식 맛은 솔직히 기억나지 않지만, 벽지며 식탁 주변까지 꽃나무들로 장식된 정원 같은 레스토랑에서 선생님과 단둘이 앉아 있다는 사실만으로 황홀했다.

식당 앞에서 마스크를 벗은 우리는 문을 열고 들어가 시침 뚝 떼고 구석자리에 가 앉았다. 마침 점심시간이 지난 무렵이라 실내엔 손님이 한 테이블밖에 없었다. 차림표를 갖고 온 종업원은 애들 둘만 온 게 의외라는 내색을 했지만 아무 말 않고 주문을 받았다.

"런치세트 먹을 건데요, 야채샐러드는 필요 없으니까 빼주세요. 스파게티에 얹는 고명도 빼주시고요, 감자랑 베이컨은 완전히 익혀주세요."

종업원은 세트 가격에 포함된 샐러드를 굳이 빼는 게 이해되지 않는다는 얼굴로 이렇게만 물었다.

"음료는요?"

"뜨거운 물 주세요, 팔팔 끓인."

아무리 에어컨 빵빵하다 해도 '이렇게 더운 날에 뜨거운 물 찾는 이상한 애들'이라는 노골적인 표정으로 종업원이 되물었다.

"뜨거운 물을요?"

"네. 그거면 돼요."

종업원은 고개를 한번 갸웃하고는 주방 쪽으로 갔다. 그사이 나는 주머니에 넣어온 소독용 알코올 물휴지로 식탁을 재빨리 닦았다. 어색한 얼굴로 두리번거리던 루미가 감탄 어린 표정을 지었다.

"너, 이 집 이름이 뭐였는지 기억나?"

"……아니오."

"영어는 잘하더니 그건 못 봤나보구나. 아이올라. 여기 있네. 이탈리아어로 꽃밭이라는 뜻이야."

냅킨에 적힌 이름을 가리키자 내게 보내는 경탄의 눈길. 주문한 음식이 놓인 뒤에는 아예 감탄사 연발이다.

"와우……, 오 마이 갓……."

익힌 브로콜리와 버섯이 섞인 미트소스 스파게티, 베이컨과 치즈가루를 얹은 토마토소스 스파게티가 색깔부터 근사했다. 피클과 샐러드까지 곁들이면 금상첨화겠지만 우리한테는 금지 품목이니 어쩔 수 없다.

"많이 먹어라. 아, 잠깐만!"

종업원이 가져다준 뜨거운 물을 끼얹어 포크를 소독해서 건네자 루미가 주저주저하다 들릴 듯 말 듯 말했다.

"……오빠, ……참 멋있어요."

"너 몰랐구나, 내가 최강 간지라는 거."

능청스럽게 대꾸했다. 소독기나 전자레인지를 사용할 수 없는 곳에서 약식이나마 소독을 하던 엄마한테 배운 방법이다.

"언제 또 먹게 될지 모르니까 실컷 먹어둬."

내가 미트소스 스파게티 면을 포크에 둘둘 말자, 루미도 자기 앞의 토마토소스 스파게티에 포크를 대고 흉내를 냈다.

"아, 이렇게 먹는 거구나."

"나도 배운 거야. 국어선생님이 이렇게……."

"국어선생님?"

"아, 아냐. 어서 먹어."

루미는 눈을 반짝이며 나를 보더니 포크에 면을 말아 입으로 가져갔다.

"참 맛있다!"

"네 입에서 맛있다는 말 처음 듣는 거 같다."

"오빠랑…… 같이 먹어서 더 맛있는 거 같아요."

빨간 토마토소스를 입가에 묻힌 채로 루미가 샐쭉 웃었다. 나는 주머니에 넣어온 작은 포도주스 병을 꺼내 내밀었다.

"자, 음료는 여기 있다. 차갑지는 않아도 먹을 만할 거야."

"먹어도 돼요? 엄마는 종이팩에 든 멸균 주스 아니면 안 된다던데."

"팩에 든 건 맛없잖아. 열어서 뻥 소리 나는 건 괜찮아."

"오빠는 좋겠어요. 뭐든지 잘 알고, 멋있고, 꼭 어른 같애. 오빠네 엄마도 좋고."

"우리 엄마?"

"오빠 엄마 좋잖아요. 잔소리도 안 하고. 만날 책 보고……."

"무슨 소리! 우리 엄마가 얼마나 이기적인지 네가 몰라서 그래! 먹고 싶어도 못 먹는 아들 옆에서 깍두기를 아삭아삭 씹는 소리까지 내며 먹는 사람이 우리 엄마라고! 너네 엄마야말로 정말 엄마 같던데 뭘."

"우리 엄마는 잔소리 마녀예요. 만날 소리 지르고 뭐라 하고."

'뭐 그렇긴 하지. 호들갑에 오버액션도 왕성하시지.'

"나, 흙공방에 다니는데 원래 엄마가 다니라고 했거든요. 근데 이제는 피아노랑 영어 학원도 가고 학습지도 해야 되는데 거기만 있으려 한다고 자꾸 뭐라 그러는 거 있죠. 미술도 피아노도 영어도 다 같이 잘해야 하는 거래요. 어떻게 그걸 다 잘해? 엄마 완전 나빠! 나는 루운이 땜에 많이 귀찮은데, 동생 잘 돌봐주지 않는다고 나만 야단치고."

"엄마들은 원래 잔소리가 많은 법이야. 그래야 엄마 노릇 제대로 하는 줄 알거든."

"아빠는 잔소리 안 하고 착해서 완전 좋은데 보기 힘들어. 우리 아빠, 포클레인이랑 불도저 같은 거 운전하거든요! 멋있죠? 어떨 땐 바빠서 집에도 못 와요."

내가 보기에도 루미 아빠는 생긴 모습과 다르게 살갑고 다정다감했다. 병명 나온 뒤에도 허둥대고 갈팡질팡하는 루미 엄마를 침착하게 달랬고, 루미가 징징거리고 울면 낮은 소리로 토닥거렸다. 열날 때는 물수건으로 루미 몸을 정성껏 닦아주고, 침대에 늘어진 루미 곁에서 조용조용 책도 읽어주었다. 아빠랑 딸이 무어라 속닥거리기도 하고 키득댈 때도 많았다.

지난 일요일에는 루미 엄마가 집에 다니러 가고 루미 아빠가 병실에 남아 있었다. 모처럼 늦잠을 잔 루미가 눈을 반짝 뜨더니 제 아빠를 보며 생긋 웃고는 두 팔을 위로 들었다. 루미 아빠도 빙그레 웃더니 아무 말 없이 듬직한 팔로 루미를 안아 올렸다. 루미는 머리를 아빠 어깨에 가만히 기댔고, 루미 아빠는 갓난아기 어르듯 딸을 안고 흔들며 가만가만 춤을 추었다. 그 다정스런 모습에 나도 모르게 질투가 날 지경이었다.

"우리 아빠도 집에 잘 안 와. 멀리 지방에 내려가 계시거든."

"아, 오빠도 그렇구나. 아빠 보고 싶지 않나요? 난 하루만 못 봐도 보고 싶은데."

“뭐, 가끔 올라오시니까. 게다가 난 다 컸는데 뭘.”

“하긴 한참 큰 오빠니까. 오빠가 우리 오빠였으면 좋겠어요.”

맑은 눈망울을 굴리며 루미가 나를 빤히 바라보았다.

“……병원에 있는 동안은 오빠 해주지 뭐.”

“정말요? 그럼 이제부터 우리 오빠예요!”

손뼉까지 치며 좋아라 하더니 루미 말투가 단박에 달라졌다.

“저기……, 오빠는 병원에서 나가면 뭐부터 할 거야?”

웃음을 머금은 채 대답했다.

“글쎄……, 맛있는 거 실컷 먹고, 가고 싶은 데 다 가보고…….”

이제 몇 년만 지나면 오지 탐험도 할 수 있을까. 전에는 매번 꿈으로 끝나리라는 걸 알면서도 여행 목록 만들 때면 행복하고 지도 위에 경로를 그리며 가슴 부풀곤 했는데. 내 안의 피 카랑카랑하게 솟구치고 에너지 같은 게 고이는 느낌…….

“나는 새를 완성해야 되는데.”

“새?”

“흙공방에 가다가 예쁜 새를 봤어. 그 새를 흙으로 빚었거든. 유약 발라 굽기만 하면 되는데 병원에 와버렸어.”

“얼른 퇴원하고 싶겠네.”

입꼬리만 살짝 올린 채 루미가 고개를 까닥까닥했다.

“루미야, 병원에서는 오빠 해주기로 했으니까 하나만 말할게. 맛없고 먹기 싫어도 너를 위해 먹어야 하는 거야. 너무 못 먹으면 병과 싸울 수 없거든. 어떻게든 병을 이겨내고 빨리 병원을 나가야 하잖아? 그래야 집에 가지."

숙연해진 낯빛으로 루미는 식탁 위의 빈 접시만 물끄러미 내려다보았다.

"약속하는 거다, 이제부터는 병원 밥도 잘 먹으려 노력한다고?"

병원으로 돌아오는 루미 표정이 갈수록 시무룩해졌다. 언제 탈출할지 기약 없는 병실로 돌아가는 게 내키지 않는 모양이다. 나는 조만간 퇴원할 예정이지만, 루미한테는 통증과 기운 없음과 구토에 시달려야 하는 2차 항암이 기다리고 있다. 그렇게 9차 항암까지 무사히 마쳐야 하는데 저 조그만 아이가 끝까지 잘해낼 수 있을지.

"우리 저쪽으로 돌아가자."

"어디?"

나 역시 갑갑한 병실로 들어가는 걸음을 늦추고 싶어 발길을 돌렸다. 햇살나눔 정원을 지나 병원 건물로 가는, 한참 돌아가는 길이다. 따가운 오후의 햇살에 감싸인 정원은 한가로웠다. 온갖 나무와 나뭇잎들은 병실에서 볼 때보다 한결 울창했고, 그 아래 그늘도 꽤 깊었다.

"아, 여기구나. 병실 창문으로 보이는 곳이!"

팔랑팔랑 가볍게 날듯이 루미가 앞서 갔다. 마치 등에 날개라도

달린 것 같았다. 날갯짓만 제대로 하면 단번에 나무 위로 날아오를
것도 같았다. 나도 그 뒤를 따라 나무 그늘에서 그늘로 발을 옮겼
다. 벚나무와 소나무 사이, 굵다란 버드나무 밑은 축축 늘어진 가
지들 덕에 그늘이 한층 깊고 넓었다. 등과 이마에 밴 땀이 금세 식
었다. 부드러운 바람이 불고, 나뭇잎 사이로 햇살이 금빛으로 반짝
이며 춤을 추었다. 내가 살아 있다는 거, 저 아름다운 햇살을 눈으
로 직접 보고 있다는 사실이 새삼스러웠다.

"저기 새집!"

단풍나무 아래서 루미가 소리쳤다. 초록 이파리들 속에 꼭꼭 숨
어 한귀퉁이만 언뜻 보이는 둥지는 여전히 아슬아슬했다.

"새는 어디 갔을까?"

루미가 목이 늘어날 지경으로 올려다보았다. 하지만 새는 끝내
나타나지 않았다.

"오빠, 그거 있잖아……. 머리 둘 달린 학."

"쌍학이 뭐?"

루미는 나무그늘 아래 작은 바위에 앉아 그네 타듯 두 다리를 흔
들흔들거리며 말했다.

"어쩌다 머리가 둘이 됐을까?"

"이런 이야기가 있어. 엄마 학이 알 두 개를 낳았는데 거기서 남
매가 태어났대. 부모가 사냥꾼에게 잡혀간 뒤에, 자나 깨나 비가

오나 눈이 오나 붙어 살았는데 어느 겨울날 여동생이 화살에 맞은 거야. 오빠는 달아날 생각도 않고 쓰러진 동생 옆을 지켰대. 동생의 시체를 가져가려던 사냥꾼은 오빠의 꿋꿋한 모습에 감동받아 학을 내버려두고 조용히 물러갔지. 날이 저물수록 기온은 자꾸 내려갔지만 오빠는 얼어붙는 동생 곁을 떠나지 않았어. 하루 이틀 사흘……. 결국 오빠도 굶어죽고 말았지. 두 마리 학의 시체는 얼음처럼 굳어갔고, 눈보라 치고 세찬 바람이 불던 어느날, 시체에서 머리는 둘인데 몸이 붙어버린 학 한 마리가 날아올랐대. 머리 둘 달린 학이 생겨난 거지. 두 머리 두루미. 오빠랑 동생이 죽어서 한 몸이 된 거야. 샴쌍둥이처럼."

"그런 거구나. 오빠랑 동생 이야기구나……. 다음에 꼭 접는 법 가르쳐줘야 해, 오빠?"

가는 바람이 불어와 버드나무 가지를 살그머니 흔들었다. 버들잎 몇 점이 루미 머리 위로 내려앉았다가 가볍게 땅으로 떨어졌다.

"나는 오늘을 영원히 기억할 거야. 스파게티 먹고 정원에 가고 새집도 보고 학 얘기도 듣고."

새처럼 재잘거리는 루미를 보니 나도 마음이 즐거웠다. 내가 엘리베이터 8층 버튼을 누르자 루미가 의아해했다.

"또 어디 가, 오빠?"

“따라와 봐. 마스크부터 쓰고.”

8층에는 작은 방 하나가 병원 도서실로 꾸며져 있고, 입원 환자들은 그곳에서 책을 보거나 빌릴 수 있었다. 골수 이식 전 검사를 진행하던 무렵에는 와서 만화를 보기도 했지만 내 수치가 바닥을 치고 면역력이 떨어진 뒤로는 올 수 없어 한동안 발길을 못했던 곳이다.

“우와! 이런 데도 있었네?”

“병원살이를 오래 하다보면 다 알게 된단다. 보고 싶은 책 있니? 빌려갈 수도 있어.”

“여기서 보면 안 되나?”

“다섯 시까지는 여기서 봐도 돼요, 꼬마 아가씨.”

데스크를 지키던 자원봉사자가 말하자 루미는 좋아라 둘러보기 시작했다. 내가 책 제목들을 죽 훑은 뒤 그냥 돌아설 때까지 루미는 책꽂이 앞에 붙어 있었다.

“그만 가자. 너무 오래 나와 있으면 엄마들 걱정할 거야. 잔소리 또 퍼부을 테고.”

내 말에 루미가 재빨리 빼낸 책은 《아따 맘마》였다. 한동안 고정되었던 텔레비전 채널에서 여러 번 본 만화다.

“텔레비전으로 그렇게 보고도 또 보고 싶냐?”

《아따 맘마》에 나오는 엄마는 루미 엄마보다도 훨씬 4차원에 독특한 캐릭터라, 그 딸 아리는 하루에도 몇 차례나 "엄마 때문에 내가 못살아!"를 외치곤 한다.

"오빠는 안 빌려?"

"병실에서는 도무지 책이 안 읽혀서 말이야."

병실이 가까워지자 다시 한번 루미한테 주의를 주었다.

"우리 도서실에서 책만 보다 온 거다? 병원 밖으로는 한걸음도 안 나간 거야. 내 말 알지?"

목숨 걸고 비밀을 사수해야 하는 결사대처럼 결연한 표정으로 루미는 고개를 크게 주억거렸다.

"우리 공주님, 오늘은 좀 어떤가?"

저녁 무렵 루미 아빠가 오자 루미가 반가워라 매달렸다.

"아빠! 나 오늘 너무너무 행복한 날이었어! 아빠! 나 바늘 뺐다가 다시 꽂았다! 아빠! 오늘은 어디서 일하다 왔어? 오늘도 포클레인으로 땅 팠어? 나 포클레인 삽에 한번 매달려보고 싶다. 삽이 높이 올라갈 땐 하늘을 나는 것 같겠지?"

루미 아빠가 텔레비전을 켜고 축구 채널에 맞추자 루미가 이번에는 나를 가리켰다.

"강이 오빠도 축구 완전 좋아하는데!"

그리고 보니 우리나라 축구팀이 카메룬과 평가전을 하는 날이다. 해설자가 말한 축구 선수 이름을 듣고 루미가 낄낄댔다.

"아빠, 올래올래래. 뭐야? 곰시? 배냉? 은갈? 킥킥."

카메룬 선수 이름이 나올 때마다 되새기며 루미가 키득키득거렸다. 낮의 외출로 마음이 들떠 있던 나는 놓칠 뻔한 축구경기까지 보게 되니 장난기가 발동했다.

"올래올래는 애기 낳는데 남편이 하도 안 오니까, '빨리 올래 안 올래?' 하고 벼르다 지은 이름이고. 은갈은 성이고 이름은 치래. 제주도 출신이야."

"정말? 제주도 사람인데 아프리카 팀이 됐어? 혼혈이야?"

눈을 토끼처럼 뜨고 되묻는 바람에 나도 루미 아빠도 웃음을 터뜨리고 말았다.

"너 보기보다 순진하다."

"그럼 뻥이었단 말이야? 강이 오빠, 완전 재밌어!" 하며 루미도 깔깔 웃었다. 루미 아빠가 웃음 끝에 말했다.

"이름 갖고 놀려먹으면 되나? 그래도 자기 나라에서는 귀한 이름들일 텐데."

"그러게요."

멋쩍게 맞장구치다 낮에 스파게티 집에서 루미와 나눈 이야기가 떠올랐다.

"오빠는 내 이름이 어때?"

"네 이름?"

"난 내 이름 예쁘고 좋은데 애들이 자꾸 놀린다, 두루미라고. 어이, 두루미! 한번 날아보지그래? 두루미야, 꽥꽥 하고 울어봐……."

루미는 풀죽은 얼굴로 삐죽거렸다. 루미라는 이름을 처음 들었을 때 나도 그랬다. 루케미아라는 병명이 생각나 야릇한 기분도 들었었다. 그 병명을 처음 알았을 때 참 예쁜 병 이름도 다 있다 싶었다. 백혈병이라고 했을 때와 루케미아라고 했을 때는 느낌이 달라도 너무 달랐다. 우리말 병명이 주는 고통과 무거움이 '루케미아'라고 했을 때는 한결 덜한 것 같고, 덜 아픈 것 같고, 꼭 나을 거라는 희망이 담겨 있는 것 같았다. 재생불량성 빈혈이라는 '불량'한 이름보다 어플라스틱 어니미아라는 병명에서 충격과 아픔이 한층 완화되는 느낌을 받는 것처럼.

"오빠가 있었으면 그딴 애들 때려줬을 텐데. 너도 그럴 땐 당당하게 소리쳐줘! 두루미는 꽥꽥 하고 울지 않아! 그리고 내 이름은 두루미가 아니고 황루미야! 오빠도 그랬거든."

"오빠도 이름 때문에 놀림받아?"

"얼마나 많이 받았는데. 낙동강 영산강 김강! 이 강 저 강 우리 김강!"

"난 오빠 이름 완전 멋있는데. 아니, 오빠는 다 멋있지만."

"네 이름도 너하고 잘 어울려. 너, 루미솜이라고 모르지? 루미놀은?"

눈을 초롱초롱 빛내며 루미가 고개를 가로저었다.

"세포는 알아?"

"세포?"

"중학교 가면 배워. 그러니까 우리 몸을 이루는 아주 작은 것들을 세포라고 하거든. 그 세포 안에 빛을 내는 물질이 있는데 그게 루미솜이야. 이게 파랗게 빛나. 또 우리 피 있잖아. 아침마다 네가 하기 싫어하는 피검사 때 주사기에 빼는 피. 그 핏속에 루미놀이라는 게 들어 있는데 과산화수소를 만나면 파랗고 은은한 빛이 난대. 그러니까 루미라는 네 이름은 빛을 품고 있는 이름이라고."

과학시간에 배운 내용을 루미가 알아듣게끔 설명하느라 애썼다. 루미 얼굴이 해처럼 환해지더니, 무대 위의 아이돌 스타라도 보듯 나를 바라보았다.

사실 수업시간마다 졸기의 달인이었던 내가 '재 때문에 물리를 포기' 하고 싶던 '재물포' 과학시간에 그 내용을 머리에 입력했던 건, 귀신들한테서 감지된다는 엑토플라즘이라는 걸 떠올렸기 때문이다. 시체가 파랗게 빛난다는 인광, 귀신이나 유령한테서 느껴진다는 엑토플라즘, 세포 안에서 빛을 낸다는 루미솜. 다 같은 종류의 물질 아닐까, 그런 생각을 했으니까.

2부

창밖, 창백한 얼굴로

나도 모르게 눈이 번쩍 떠졌다. 창밖이 희뿌옜다.

'웬일이람, 꼭두새벽에.'

새벽 여섯시. 병원에서야 피검사니 체중이니 체온, 혈압 잰다고 못살게 굴어 깨는 시간이지만, 퇴원하고 집에 온 지 닷새째, 이렇게 일찍 일어난 건 처음이다. 그동안 못 잔 걸 보충이라도 하려는지 내 몸은 자꾸만 잠을 원했고 한낮이 되어서야 겨우 눈을 뜨곤 했다.

꿈속에서 루미가 밀랍인형처럼 하얀 얼굴로 웃던 모습이 생각났다. 커다란 새 한 마리가 구름 짙게 낀 하늘로 사라지던 모습도. 어디서 날아왔는지 나는 어디 있었는지 아무리 되새겨봐도 그 두 장면밖에 기억나지 않는다. 창문을 열자 축축하고 서늘한 새벽 공기가 기다렸다는 듯 방 안으로 스며들었다. 하늘 끝에서 아침 햇살이

막 퍼져가는 중이다.

화장실에 가려고 나갔더니 식탁에 엄마가 앉아 있었다. 등을 보이고 앉은 엄마한테서 커피 냄새가 난다. 내가 음식물만 봐도 속이 뒤집히고 냄새만 맡아도 토할 때 유일하게 거슬리지 않던 냄새. 그 덕인지 엄마는 커피를 즐기게 된 듯했다. 그렇다고 이런 새벽에 혼자 커피라니. 커피 냄새에 묻힌 엄마의 뒷모습이 이상하게 작아 보인다. 지쳐 보이기도 하고 무언가 쓸쓸해 보이기도 한다. 엄마한테서 저런 느낌을 받는 건 드문 일이다.

"빈속에 커피 마시면 속 아프다며?"

엄마가 화들짝 놀라며 돌아보았다. 다른 먼 곳에 가 있다 갑자기 돌아온 듯한 엄마 얼굴이 몹시 꺼칠했다.

"왜 벌써 일어났어?"

낯빛도 해쓱했다. 무언가 당황한 것도 같았다. 식탁 위에는 김이 올라오는 커피잔과 엄마 휴대전화가 놓여 있다.

"무슨 일 있어요?"

"으응, 아, 아냐. 어서 들어가 더 자."

이부자리 속으로 다시 기어들었지만 한참 뒤척였다. 어지러운 꿈을 꾼 거 같은데 깼을 땐 하나도 기억나지 않았다. 어떤 목소리를 들은 것도 같지만 누군지도 뭐랬는지도 알 수 없었다.

나는 아침밥, 엄마는 점심밥을 먹는데 엄마가 두어 숟가락 뜨다 말고 내려놓았다.

"왜? 밥맛이 없어요?"

"소화가 잘 안 돼."

"그러게 새벽부터 왜 커피는 드시고 그러셔? 위도 안 좋은 분이."

엄마는 나 먹는 모습만 멍하니 바라보다 내가 수저를 내려놓자 한마디 한마디 말을 고르듯 조심스레 말했다.

"저기, 같은 병실에 있던 루미 있잖아. 걔가…… 잘못됐대."

약 캡슐을 까다 말고 멈칫했다.

"무슨……, 뭐가 잘못됐다고?"

"루미가……, 죽었다고."

위장으로 내려가던 밥알들이 덜컥, 그 자리에 걸렸다. 욕지기가 났다. 욕실로 뛰어가 그대로 토해버렸다. 숨이 가쁘고 눈물이 맺혔다. 퇴원하고 집에 와서는 처음으로 토한 거다.

"…… 죽었다고?"

단 네 음절을 토해내기까지는 시간이 꽤 걸렸다. 엄마는 내 눈을 보며 고개를 한번 끄덕했다.

"…… 왜?"

"잘은 모르겠는데…… 감염이었나봐."

"감염? 말도 안 돼!"

우리처럼 면역력이 약한 애들한테는 균이나 바이러스가 치명적이다. 그래도 의사들이 예방에 신경을 곤두세우는데 감염으로 죽게 했다고?

"엄마 영안실에 갔다올게."

엄마가 나간 뒤 혼자 남겨진 나는 집 안을 서성거렸다. 뭔가 할 수도, 하지 않을 수도 없었다. 창밖에서 아이들 소리가 들려왔다. 새처럼 조잘대는 소리에 섞여 루미 목소리가 들린 것 같다. 내다보니 놀이터에 여자아이 둘이 머리 맞대고 앉아 흙놀이 중이다. 흙속에 한 손을 넣고 다른 손으로 토닥이는 아이와 흙덩이로 무언가 만드는 아이. 루미만 한 아이들. 뒷모습을 보이고 앉은 아이는 꼭 루미 같다. 그 옆 미끄럼틀에서는 아이들 서넛이 주르르 미끄러져 내려왔다 도로 올라간다. 병실에서 침대 미끄럼을 타며 놀던 루미 동생과 루미…….

내 앞에 스쳐가는 영상. 새를 빚는 루미. 비스듬한 오후의 햇살을 받아 금빛으로 물든 옆얼굴. 작은 새의 부리가 생겨나자 루미가 부리에 쪼인다. 새는 병실 바닥에 떨어져 산산조각 나고 루미는 울음을 터뜨린다.

"아파! 아프단 말이야! 약 안 먹을 거야!"

흠칫 놀랐다. 목소리가 너무도 생생히 들려왔기 때문이다. 울음소리는 창밖에서 들렸다. 넘어지기라도 했는지 여자아이가 울고 엄마인 듯한 사람이 달래고 있다.

나무들은 놀이터의 아이들에게 그늘을 드리워 햇빛을 가려준다. 바람이 스칠 때마다 나뭇가지들이 서로 부딪치고 초록 나뭇잎은 술렁이며 몸을 뒤집는다. 그 나뭇잎들마다 햇살이 내려앉아 보석처럼 반짝인다. 내게 세균을 옮길까봐 화분마저 치워버린 썰렁한 집 안에서 바라보는 창밖 세상은 환하고 눈부시고 반짝반짝 빛난다……

문자 수신 알림 소리에 정신이 번쩍 돌아왔다. 식탁 위에 엄마 휴대전화가 놓여 있었다.

"또 놓고 갔네."

확인해주지 않으면 소리가 계속 날 거라 어쩔 수 없이 문자를 읽었다.

제 정성이 부족했나봐요. 강이 잘 보살피세요.

루미 엄마였다. 그거 말고도 문자가 여러 개 와 있었다.

루미가 결국 가버렸네요……. - 오늘 아침 7:00

언니, 루미가 떠났어요. - 오늘 새벽 5:50

중환자실로 옮겼어요. 폐에서 피가 나왔대요. 루미를 위해 기
도해주세요. - 어젯밤 10:20

루미 폐렴이래요. 많이 힘들어해요. - 어젯밤 8:00

루미 감염된 거 같아요. 상태가 좋지 않네요. - 어제 오후
3:00

내 안에서 묵지근한 통증 같은 게 느껴졌다. 감염이라는 말이 눈
에 와 박혔다. 감염된 지 하루도 못 되어 세상을 떠나다니. 그것도
앓고 있는 병이 아니라 감염으로 인한 합병증으로 죽다니. 얼마 전
까지 말하고 웃고 숨 쉬던 한 아이의 삶이 이처럼 어이없이 끝나버
리다니.

소아청소년과 병동에서 무균실로 옮겨가기 전날 의사도 내게 감
염에 대한 말을 했었다.

"많은 병의 원인이면서, 앓고 있는 병을 악화시키는 주범도 감염
이야. 특히 면역력 약한 너 같은 경우엔 더 위험하지. 이제 네 망가
진 골수를 약물로 다 없앨 건데, 그 과정에서 세균에 대한 네 몸의
저항력도 제로가 되거든. 그래서 너를 무균실로 격리하는 거야. 감
염이라도 되면 큰일이니까."

그런데도 감염은 나를 피해가지 않았고 그 덕에 죽음의 문턱까지 다녀와야 했다. 내 골수를 다 파괴하고 형 골수를 넣은 지 열흘째 되던 날, 전날 밤부터 열이 오르더니 아침엔 40도를 넘었다. 피검사 수치들마저 날개 단 듯 뛰어오르자 세균 감염으로 보인다고 주치의가 항생제를 처방했고, 간호사가 링거줄 이음매에 주사기를 꽂는 순간 정신이 아뜩했다.

"이게……."

뭐냐고 묻지도 못했다. 심장이 콱콱 조여들었다. 가늘디가는 빨대 하나로만 숨을 쉬라는 것 같았다. 몸속에 고슴도치라도 숨어든 것처럼 머리끝에서 발끝까지 콕콕콕 찔러 대고 눈자위도 따끔거려 눈물이 줄줄 났다. 기침마저 쏟아지는데 뱉을 수가 없었다. 기도를 돌멩이로 막은 듯 숨이 턱턱 막히고 눈앞에 엄청난 별들이 반짝였다. 그리고 정신을 잃었다.

극심한 통증이 사라지면서 몸이 가벼워지더니 내가 둥실 움직였다. 마치 무중력 상태, 내 안에 있던 무거운 게 다 빠져나가고 공기만 남은 것 같았다. 나는 어두컴컴한 터널 같은 곳을 지나갔다. 저 멀리 터널 끝에서 하얀 빛 같은 게 보였다. 그 빛은 찬란하고도 눈부시게 점점 밝아왔다. '조금 더 가면 저 빛과 만나겠구나, 조금만 더 가면 이 터널을 통과하겠구나.' 생각했을 때 뒤에서 무언가 나를 확 끌어당겼다. 그리고 가슴을 무겁게 누르는 압박감을 느꼈다.

깨어나니 얼굴에는 산소호흡기가 꽂혔고 몸에는 심장, 혈압 판독기에 모니터까지 줄줄이 매달렸다. 주치의가 그제야 안심했다는 얼굴로 말했다.

"너, 저승 문턱에 갔다왔구나."

나중에 들으니 산소호흡기를 가져다 씌우는 데 십 분이 채 안 걸렸다고 한다. 나는 길고도 영원 같았는데, '이렇게 죽는 거구나.' 하고 생각했는데.

산소호흡기와 심장 마사지로 멈췄던 숨이 돌아왔고, 동시에 혈압이 뚝 떨어졌고 그 바람에 똥오줌까지 왕창 싸버렸다는 데도 알지 못했다. 엄마가 늘어진 나를 이리저리 옮겨가며 똥오줌 닦아내고 시트 갈고 옷 갈아입히느라 엄청 고생했다는 얘기도 나중에 들었다.

그날은 하루 종일 멍했다. 딱히 아픈 곳은 없는데 정신이 하나도 없었다. 내가 있는 곳이 어딘지 모르겠고, 내가 뭘 하고 있는지도 가늠되질 않았다. 오줌이 마렵다는 생각에 몸을 일으키려고 했는데 정신 차리니 바닥에 굴러떨어져 있기도 했다.

세균이 퍼지는 걸 막으려고 주사했다는 항생제에 쇼크를 일으켰던 거였다. 새삼 죽음에 대해 생각하게 된 계기였다. 오랜 투병생활을 하면서 '차라리 죽는 게 낫겠다.' 는 말을 입에 달고 살았지만, 내가 정말 죽을지도 모른다는 생각은 해보지 않았다. 죽음은 다른 사람한테나 일어나는 일이라고만 생각했다. 그러나 의외로 죽음은 가까이 있었다. 감염으로, 합병증으로, 혹은 약물 쇼크로. 어쩌면 오늘, 아니면 내일일 수도 있다…….

"루미는……, 그 애는 자기가 죽는다는 걸 알기는 했을까?"

해가 긴 그림자를 드리우기 시작했다. 해 지기 직전 환하면서도 부드러운 빛이 퍼지자 창밖 풍경도 고즈넉해 보인다. 놀이터의 아이들 모습도 평화롭고 사랑스럽다. 종이접기에 몰두하던 루미 같다.

"무슨 말을 듣고 마지막 눈을 감았을까? 어떤 생각을 했을까?"

내내 루미 생각에서 벗어나지 못하는 사이 놀이터가 텅 비었다. 날이 어느새 저물었고, 건너편 아파트 창마다 불이 켜졌다.

거실의 전등 스위치를 올리고 돌아서다 소스라치게 놀랐다. 창밖에서 누가 나를 보고 있다. 작고 가냘프고 흐릿한 아이. 나도 모르게 다리가 뒤로 물러났다. 창밖의 아이도 한걸음 물러서며 표정이 일그러진다. 갑자기 그 애 얼굴이 옆으로 뚝 꺾인다. 내 목에서도 뚝 소리가 난다. 쿵쿵쿵, 이건 내 심장 뛰는 소리.

천천히 고개를 돌리니 그 애도 나를 본다. 나무인형처럼 핏기 없는 얼굴, 무언가 말하는 듯 움직이는 입술. 돌연 그 애가 유리창을 뚫고 내게 휙 다가든다. 나는 푹 고꾸라진다. 천장이 돌고 시간과

공간이 엉켜들고……. 여기는 어딜까. 저 애는, 어느새 다시 창밖
으로 물러나 주저앉은 저 애는……. 길고 헝클어진 머리칼이 아니
라 짧고 가늘고 고슬고슬한 머리칼, 작고 창백한 얼굴이 아니라 불
긋불긋 탈바가지 마냥 염증 돋은 얼굴. 그건…….

나였다. 유리창에 비친 내 모습이다. 루미가 아니라 나! 기괴했
다. 나인데 전혀 나 같지 않은 나. 내가 여기 있는데 창밖에서 나를
보는 또 다른 나.

달각 소리가 들린다. 머리꼭지에 차가운 물방울이라도 떨어진
것처럼 섬뜩하다.

"강이야."

얼음처럼 굳었던 내 몸이 최면이라도 풀리듯 스르르 풀렸다. 엄
마의 눈이 왜 그러고 있느냐고 물었다. 가만가만 몸을 일으켜 일어
섰다. 온몸이 저린다. 한숨을 폭 쉬고는 천천히 고개를 돌려보았
다. 유리창 밖에서 내가, 흐릿한 모습으로 나를 보고 있다.

누군가는 낫고 누군가는 죽고

첫 번째 통원치료하러 가던 날은 비가 내렸다. 퇴원한 지 일주일 만에 가는 병원. 빗물이 택시 창문에 수많은 빗금을 그으며 내리고, 가로수 나뭇가지들은 바람에 흔들렸다. 택시가 교차로를 도는데 하얀 응급차 한 대가 쏜살같이 앞질러갔다. 빗속을 뚫고, 닫힌 택시 창문 틈도 뚫고 들어오는 사이렌 소리는 어찌나 요란한지. 빗물 젖은 유리창에 번뜩이는 빨간 불빛은 또 얼마나 섬뜩한지. 나도 모르게 몸이 굳었다. 늘 그랬다. 병원에 그토록 오래 다녔는 데도 저 응급차 불빛과 소리는 영 익숙해지지 않는다.

그사이에도 택시는 병원이 있는 언덕을 오르기 시작했고, 마침내 하얀 건물이 눈에 들어왔다. 촉촉이 젖은 햇살나눔 정원의 나무들이 시야에 잠깐 들어왔다 지나갔다. 그제야 서서히 몸이 풀렸다. 왠지 모르게 차갑고 냉정해 보이는 병원 건물과 빗물에 젖어 초록

이 짙어진 나무들의 어울림. 그나마 이 병원에서 좋았던 것 중 하나를 꼽으라면 주저 없이 저 정원을 꼽을 것이다.

병원 정문 앞에 멎은 택시에서 내려 안으로 들어서다 가슴이 서늘해졌다. 루미 아빠가 로비에 우두커니 서 있었다. 한 번도 본 적 없는 쓸쓸한 얼굴로 어딘가를 멍하니 보고 있다. 우리가 다가가자 멈칫하더니 눈에 초점이 돌아왔다. 딱히 무언가를 보고 있던 건 아닌 모양이다.

"안녕하세요?"

엄마가 나직하게 인사를 건넸고 나는 고개만 꾸벅하고 시선을 내려뜨렸다.

"네……. 저, 루미…… 사망진단서 때문에……."

우물우물하는 루미 아빠의 눈길이 내 얼굴에 잠시 머물다 가는 게 느껴졌다.

"아, 네. 그럼."

엄마가 고개를 까닥하고 내게 눈짓을 보냈다. 우리가 돌아서는 데도 루미 아빠는 가지 않고 머뭇거렸다. 내게서 떼지 않는 눈은 할 말이라도 있는 것처럼 보였다. 나도 루미 아빠를 그제야 마주 보았다. 단단한 근육질에 얼굴도 까무잡잡하고 우락부락해 보이던 사람인데, 양 볼이 홀쭉해진 데다 면도를 하지 않아 수염이 덥수룩했다. 나는 문 옆에 마련된 비닐을 뽑아다 별로 젖지도 않은 우산에 씌웠다.

"혹시 강이는……."

"네?"

고개를 들어 바라보니 루미 아빠는 내 얼굴에 닿았던 눈을 돌리며 얼버무렸다.

"아, 아니다. 그럼, 저는 이만."

"저기요."

나가려는 루미 아빠를 이번에는 엄마가 붙잡았다.

"바쁘지 않으면 차 한잔하실래요? 어차피 우리는 오늘 일박이거든요. 왜, 전에 병실에서 저한테 커피도 뽑아주고 하셨잖아요."

뒷말은 우스개로 덧붙이는 거 같았지만 루미 아빠는 웃지 않았다. 망설이는 루미 아빠한테 병원 1층 찻집에서 기다려달라 하고 엄마는 접수를 했다. 5층 병동으로 올라가자마자 간호사한테 부탁해 내 손등에 주사바늘 꽂는 걸 보고 급히 다시 내려갔다.

내가 있던 병실에는 4차 항암치료가 끝나간다는 찬솔이가 입원해 있고, 루미 있던 자리는 비었다고 했다. 나더러 그리로 들어가라고 했다. 누군가는 낫고 누군가는 죽고, 그 죽어나간 자리엔 시트만 갈면 다른 애가 또 들어오고……. 세상은 잠시도 멈추지 않고 그대로 돌아가고, 다들 자기 일로 바빴다. 의사들도 간호사들도, 항암치료 중인 아이들이나 보호자들도, 아기들 울음소리 그치지 않는 소아청소년과 병동의 모습도 전과 다를 게 없었다. 아무 일 없다는 듯 예전 그대로 북적이는 병원이 낯설었다. 갑자기 무서워 졌다.

복도에 한참 서 있다 천천히 병실 문을 열었다. 문 옆에 놓인 소독용 에탄올 스프레이를 들어 몸에 뿌리면서 침대 쪽을 무심코 보았다. 가슴이 덜컥했다.

"아……!"

스프레이가 떨어져 바닥에 굴렀다. 작은 곰돌이들이 촘촘히 그려진, 걷어올린 환자복. 그 아래 핏줄이 드러나 보일 듯 가늘고 하얀 팔과 다리. 새집처럼 엉클어진 머리칼. 핏기 없는 새하얀 얼굴로 나와 눈이 마주친 여자애.

"루……미야."

루미 눈이 '반짝!' 한 것 같았다. 눈물이 고인 것도 같았다. 하지만 내 몸 건너 먼 곳을 보듯 텅 빈 눈. 싸늘한 냉기가 나를 스쳐갔다. 머리끝까지 쭈뼛 서서 꼼짝 못하는 사이 그 애는 사라졌다. 그 자리에 새로 갈았을 하얀 시트만 눈부셨다. 긴 숨을 토해내며 병실을 둘러보았다. 찬솔이 아줌마도 없고 창가 쪽 침대에 누운 아이 발만 보였다. 병실 문을 도로 열고 복도를 내다봐도 루미는 흔적도 없었다. 병실 안으로 들어가 두 침대 사이에 둘러진 커튼을 획 젖혔다. 쌕쌕 숨소리를 내며 잠든 찬솔이의 평온한 얼굴이 드러났다.

날뛰던 심장이 그제야 가라앉았다. 중심정맥관을 꽂고 있던 자리가 욱신거렸다. 거기를 손으로 누르다보니 주사바늘 꽂힌 손등에서 빨간 피가 새나와 수액 줄까지 번졌다. 줄을 살살 눌러 피가 도로 들어가게 하는데 손가락이 떨려 한참 걸렸다.

"왜 침대에 안 올라가고 여기 있니?"

여덟 병을 맞아야 하는 면역 글로불린 한 병이 끝나갈 무렵 엄마가 들어왔다. 보호자 침상에 엉거주춤 걸터앉은 내가 이상한 모양이다. 나는 딴청을 피웠다.

"여태 얘기한 거야? 아저씨가 뭐래?"

"……영안실에 와줘서 고맙고, 루미는 화장했다고."

"그리고?"

"자기 집에 한번……. 근데 왜 꼬치꼬치 캐물어? 어서 침대로 올라가지 않고."

엄마가 침대 쪽으로 밀었지만 나는 버텼다. 루미가 있던 자리에 아무렇지 않게 올라가 누울 수는 없었다. 루미를 봤다고 하면 뭐라고 하려나? 그럴듯한 말로 규정짓기 좋아하는 엄마 성격에, 꿈쩍 안 하는 수치와 낮은 면역력 때문에 기가 허해져 헛것을 봤느니 어쩌느니 할지도 모른다. 안 그래도 주치의가 왔을 때 엄마가 물었다.

"강이 수치들이 올라가지 않는 까닭이 뭘까요?"

"글쎄요, 지금으로선 특발성이라고 볼 수밖에……."

‘특발성이란 말이 적절한가?’

“백혈구랑 호중구가 많이 낮지만 특별히 감염이나 다른 증세 있는 것도 아니니 좀 더 지켜보죠.”

“얼굴에 염증들은 언제쯤 가라앉을까요?”

“언제부터 그랬는데?”

“면역 억제제 먹으면서부터요. 털이 많이 나서 면도기로 민 뒤에 심해졌어요.”

“사이클로스포린 먹는 동안 털은 계속 날 건데, 앞으로도 밀 거니? 그럼 염증도 계속되겠지 뭐.”

“그럼 어쩌라고요?”

“웬만하면 면도하지 말고 그냥 두지그래?”

“네안데르탈인처럼 털북숭이로 살라고요?”

“지금 그런 건 중요한 게 아닌 거 같은데? 어차피 밖에 돌아다니지도 못하잖아?”

나는 입을 다물어버렸다. 몸을 돌려 나가려는 주치의를 엄마가 조심스러운 목소리로 붙잡았다.

“저기, 루미는……. 요즘에도 그렇게 잘못되는 아이가 많나요?”

“역시 특발성이죠. 치료 과정 잘 감당해내는 데도 간혹 그런 경우가 있어요. 떨어진 인체 면역력이 균을 막아내지 못해 합병증으로 그리 되는 거죠.”

이 사람은 특발성이란 말을 꽤나 좋아하는 모양이다. 특수한 경우라는 뜻으로 하는 말 같은데 영 어울리지 않는다. 자기가 치료하던 아이가 죽었는데 저런 말밖에 못하나? 이번에 바뀐 주치의는 어째 처음부터 마음에 들지 않는다.

설핏 잠이 들었나보다. 짧은 머리카락들이 찔러 대는지 머리통이 자꾸 따끔거린다. 머리를 들고 베개를 보니 흰 베갯잇과 침대 시트에 손톱만 한 작은 벌레 수백 마리가 꼬물꼬물 붙어 있다. 부리나케 화장실로 간다. 샤워기를 틀어 머리에 대자 벌레 떨어지듯 시커먼 머리카락이 바닥으로 우수수 떨어져내린다. 몸이 서늘해진다. 갑자기 너무 춥다.

"식사 왔어요!"

눈을 번쩍 떴다. 꿈속에서는 추웠는데 몸이 땀으로 흠뻑 젖었다. 나도 모르게 손부터 머리로 갔다. 새로 나기 시작한 머리카락은 아기 머리칼처럼 가늘고 불에 탄 것 마냥 고슬고슬했다. 머리칼이 다 빠질 만큼 괴롭던 게 얼마나 됐다고 다시 자라기 시작한 게 신기했다. 바리캉으로 밀어버린 뒤 손가락 한 마디만큼 자랐다가 또 죄빠졌다가 다시 나기를 반복했다. 엄마는 박스 테이프를 손에 든 채 살고, 나는 모자를 벗을 때마다 새까맣게 붙은 머리카락들 때문에 벌레가 기어다니는 듯 온몸이 스멀거렸다.

엄마가 받아 내 앞에 놓아주는 병원 밥은 여전했다. 특별식이라고 설렁탕이 나왔는데 국물은 멀겋기만 하고 병실까지 오는 동안 식어버려 미지근했다. 한 숟가락 떠 텁텁한 입안에 넣는데 울컥하고 내 안에서 무언가 솟구쳤다.

“아, 정말 맛없다.” 하던 루미 목소리. 갑자기 코가 매워 겨우겨우 씹어 삼키고 숟가락을 놓아버렸다.

낮의 깜박잠 탓인지, 밤이 깊을수록 눈만 초롱초롱해졌다. 어스레한 병실 안에 무언가 한층 어둡고 음습한 기가 감도는 거 같다. 꿈이나 환영같이 흐릿하면서도 죽음처럼 무거운 어떤 기운. 여기는 루미가 죽은 곳이라기보다 마지막까지 살아 있던 곳이라고 나 자신을 거듭 달래도 소용없었다. 옆으로 누웠다 엎어졌다 돌아누웠다 뒤척이는데 찬솔이 침대 쪽에서 무슨 소리가 났다.

희미한 그림자가 커튼 위로 얼핏 스치는 게 보였다. 찬솔이가 웅얼웅얼 잠꼬대를 했다. 달빛에 비친 창밖 나뭇가지들의 무늬가 흐릿하게 드리워진 커튼이 가만가만 흔들렸다. 조용히 침대에서 내려와 살살 커튼을 젖혔다. 찬솔이 침대 옆 창문이 조금 열려 있고 그 틈새로 바람이, 아주 가는 바람이 스며들고 있다. 커튼을 제자리로 돌려놓는데 창밖에서 또 소리가 난다. 바람 소린지 날갯짓 소린지 수런수런하는 소리. 나뭇가지들도 와스스 몸을 떤다.

언뜻 그림자 하나가 유령처럼 스쳐갔고, 나는 침대 모서리에 부

덮힐 뻔했다. 어찌나 빨랐는지 새 같았다는 생각이 뒤늦게야 들었
다. 달빛 받은 날개가 하얗게 빛나던 새의 그림자.

그 아이는 누구였을까

엄마 손길을 기다리며 보채는 아기처럼 전화벨이 신경질적으로 울어 댔다. 엄마는 볼일 있다고 나갔는데 휴대전화는 오늘도 안방 문갑 위에 얌전히 남아 있다. 엄마 같은 완벽 철저니스트가 물건 잘 잃어버리고 전화기 흘리고 다니는 걸 보면서 한 사람 안에 얼마나 다양한 성격이 섞여 있는지 놀라곤 한다. 물론 엄마는 엄마다운 논리로 합리화하지만.

"난 아날로그 감성의 인간이라 내 무의식이 문명의 이기를 자꾸 거부한단다."

"그보단 정신이 어디로 외출하신 분 같은데? 다중인격이거나."

"다중인격? 제발 그래 봤으면. 애들 가르칠 때는 교사, 너 돌볼 때는 의사, 음식은 요리사, 집안일은 주부의 인격이 제각각 맡아주면 완벽할 텐데. 아니, 둘만 돼도 더 바랄 게 없네. 하나는 아픈 아이 돌보는 엄마, 하나는 내 인생 사는 사람.”

알코올 솜으로 엄마 전화기를 닦은 뒤 액정에 뜬 번호를 확인했다. 매번 그러는 엄마 모습이 지겨웠으면서 나도 모르게 감염이라도 된 모양이다. 숫자들은 전화기에 저장되어 있지 않은 번호였다. 내친 김에 문자 수신함을 열어보았다. 엄마는 비밀번호도 정하지 않으니까 얼마든지 볼 수 있다.

쌤! 언제 돌아오세요? 보고 싶어요!^♡^

선생님. 저 이번에 사회 성적 올랐어요. 세 개밖에 안 틀렸어요.^^ 담엔 더 잘할게요!

나한테는 얼음 여왕같이 구는 엄마도 학원생들한테는 인기가 있었는지, 가르치던 중학생들의 장난 섞인 문자가 꽤 되었다. 그리고 의례적인 안부, 엄마 동료들과의 일상적인 대화, 내 경과에 대한 질문……, 그런데 그 속에 눈에 띄는 내용이 있다.

장례식에 와줘서 고마워요. 강이는 계속 병원에 가나요?

병원만 너무 믿지 마세요. 정신 똑바로 차려야 해요. 간호사들이 얼마나 느슨하고 무책임한지, 백의의 천사? 웃기지 말라고 해요!

주의 깊게 지켜보다 작은 낌새라도 보이면 바로 조치해야 하는 곳이 병원이고 의사잖아요? 그래도 대학병원이니 하고 믿었는데. 차라리 입원시키지 말았더라면……. 그러면 더 살 수도 있었을 텐데.

강이 나가고 보라 들어왔는데 감기 걸린 애를 같은 항암 환자라고 옆에 둔 병원 시스템이 원망스럽네요. 진작 병원을 옮겼더라면…….

간단한 수술도 마취가 잘못될 수 있고, 항생제가 오히려 사람 잡기도 하는 곳이 병원이라지만 왜 하필 루미가 저리 되었을까요? 다른 애들 다 잘 있는데 우리 루미만 하필…….

며칠 전부터 줄줄이 들어와 있는 문자들, 대량문자로까지 온 내용들을 읽다보니 숨이 찼다. 루미 엄마는 입버릇처럼 하던 '~라면' 타령을 아직도 하고 있었다.

"그날 루미가 비만 맞지 않았더라면, 좀 더 조심했더라면, 병명

나오자마자 병원을 옮겼더라면⋯⋯.”

아이 상태가 심각해지면 혈액질환 치료로 유명하다는 병원으로 옮겨가는 경우를 보긴 했다. 수정이도 결국 그리로 갔다고 들었다. 루미도 그랬다면 루미 엄마 말마따나 살 수 있었을까?

‘왜 하필이면⋯⋯.’ 이라는 생각, 나도 많이 했다. ‘왜 하필 나야? 나는 누구한테 못되게 굴지도 않았고 그저 평범하게 살고 싶을 뿐인데, 왜 하필? 꿈도 많고, 하고 싶은 일도 많은데 하필 이런 병을 앓게 됐을까?’

생각해보면 처음 병이 찾아온 열두살의 봄부터 내 인생은 표류하기 시작했다. 몸에 번진 멍이나 반점을 볼 때마다 내 몸이 아닌 실험 동물을 보는 느낌이었고, 하염없이 코피를 쏟을 때는 내가 살아 숨 쉬고 있다는 게 이상했다. 학교 수업시간이나 시험 때 졸음을 못 이겨 책상 위에 엎어지면 교실이 아닌 머나먼 세상을 홀로 떠다녔다. 나를 학교까지 실어나르던 자전거는 베란다 구석에 처박혔고, 반별 축구시합 선수 명단에서 빠졌다. 중학교 첫 단체 기합에서는 손바닥 세 대 맞고 실핏줄이 터졌다. 피가 안 멎어 병원에 갔다온 뒤 보호 소년으로 찍혀 웬만한 일에 열외 취급을 받기 시작했다.

남자중학교라고 은근히 많던 체벌. 과목 선생님 바뀔 때마다 체벌 시간이면 내 처지를 설명해야 하는 찜찜함, 한 공간에서 손바닥이나 엉덩이 맞는 애들을 혼자 지켜봐야 하는 비참함을 감당하느니 차라리 블랙홀로 빠져버리고 싶었다. 몸에 밴 담배 냄새로도 날 고문하는 수학선생이 "사내자식이 허우대는 멀쩡해갖고." 했던 날은 집에 오자마자 쓰러져 다음날 학교에도 가지 못했다. 시험 끝나고 환호를 지르며 다들 노래방, 피시방으로 몰려가는데 혼자 터덜터덜 집에 올 때는 그 애들이 사는 세상과 내가 사는 세상이 달랐다.

다른 아이들과 같이할 수 없는 외로움. 괴롭히는 애도 건드리는 애도 없는 완벽한 무관심. 차라리 누군가 시비라도 걸어줬으면 싶은 철저한 고립감. 나는 망망한 바다 한가운데 표류하는 조각배처럼 홀로 헤매고 홀로 겉돌았다. 한동안 표류, 난파, 조난 이야기 책들만 파고들었던 것도, 외딴 곳에 뚝 떨어져 생존을 위해 몸부림치는 이야기가 꼭 나를 비유하는 것 같아서였다. 끝없는 자유로움? 노우! 외로움, 단절감, 악전고투! 그때마다 든 생각이 그거였다. '왜 나야? 왜 하필이면!'

다음날 아침, 휴대전화를 받고, "아, 루미 엄마?" 하던 엄마 얼굴이 어두워졌다. 엄마 귀에 댄 전화기에서 격한 목소리가 뜨문뜨문 새어나왔다.

"치료만 잘 받으면 …… 병원 문 나갈 …… 암세포 같은 거 ……

건강해진다면서요? …… 다 했잖아요! …… 소독 청소 …… 먹이지 말라는 거 …… 약도 빼달래라 …… 했잖아요!"

"루미 엄마 그건……."

"그 때문에 폐렴에 …… 예방약을 빼버린 바람에 ……막지 못했으면요?"

엄마는 해쓱해진 낯빛으로 입술만 깨물었다. 약만 먹으면 토하는 루미를 보다 못해, 예방약들을 뺐던 내 경험을 귀띔했던 걸 말하는 모양이다.

"토하거나 말거나 …… 그런 참견을……."

흐느끼는 소리가 흘러나왔고 엄마는 천천히 휴대전화를 내려놓았다. 그러고는 황급히 욕실로 들어갔다. 놀라움도 잠시, 나는 어이가 없었다. 엄마도 나도 루미가 그리 돼서 안됐고 속상하고 슬픈데, 루미 엄마는 딸 잃은 충격과 분노의 화살을 왜 이쪽으로 날리는 건지. 예방약을 뺐던 건 루미 입원하고 열흘쯤 됐을 무렵이다. 그 뒤로는 잘 울지 않았고 약도 곧잘 먹었으니까 죽은 원인과는 상관없다. 루미 엄마도 어이없고, 저런 억지에 당하고만 있는 엄마도 한심했다. 물론 엄마가 쓸데없는 참견을 한 탓에 덤터기를 쓴 거지만.

어쩌면 루미 엄마도 너무 고통스러운 나머지 슬픔과 울분을 아무 데나 쏟아붓는 건지도 모르겠지만, 과녁이 잘못 돼도 한참 잘

못 됐다.

어디선가 걸려 온 전화를 받더니 엄마가 외출 준비를 했다.

"또 어디 가는데?"

감염에 취약한 나 때문에 외출도 삼간다면서 또 나간다는 게 미심쩍고 집에 혼자 있는 것도 꺼림칙했다.

"……갔다와서 얘기해줄게."

"말해주고 가면 어디 덧나나?"

닫혀버린 현관문에 대고 화풀이를 했다. 순간 문이 다시 열렸다. 내 입에서 제멋대로 말이 튀어나갔다.

"비, 올 거 같다고……."

아까부터 검은 구름이 잔뜩 몰려 있는 창밖 하늘을 흘깃 보았다.

"안 그래도 일기예보에서 태풍 온다더라. 우산 챙겨 갈 거니까 걱정하지 마."

"걱정은 무슨. 전화기나 잊지 마셔!"

엄마가 우산을 찾아 들고 다시 나가자마자 천둥소리가 울렸다.

비가 내렸다. 폭풍우였다.

창밖 나뭇가지들이 쉴 새 없이 몸서리치고, 나뭇잎이 자꾸자꾸 떨어져 날린다. 비는 마치 '나 좀 들여보내 줘.' 하듯 창문을 계속 두드린다.

“오빠, 내가 흙으로 새 빚은 거 보고, 흙공방 선생님이 이다음에 조각가 해도 되겠다, 그랬는데. 그 새, 오빠 줄까?”

루미 목소리에 소스라쳐 깼다. 창밖도 방 안도 어둑한데 희미한 불빛이 방문 틈으로 비쳤다. 부엌 쪽에서 도마질 소리가 난다. 몸을 일으키자 현기증이 몰려왔다. 식탁 앞에 겨우 앉아 숨을 몰아쉬었다.

“엄마……, 왔네.”

“깼니? 얼굴빛이 안 좋네. 비가 와서 그런가?”

그랬다. 비 오거나 흐린 날이면 몸이 축축 처지고 나른했다. 노인들이 비 오거나 날씨 안 좋을 때 몸이 먼저 일기예보를 한다더니 내가 그 꼴이다. 기운이 다 빠져나간 듯 맥이 풀리고 노곤했다.

“힘이 없어.”

“배고파 그럴 거야. 어서 밥 먹자.”

엄마를 살폈지만 별다른 낌새는 없었다. 여느 날처럼 나물을 볶고, 생선을 굽고, 찌개를 끓였다. 내가 멍하니 식탁만 보고 있자 엄마가 숟가락을 거듭 내밀었다. 밥숟가락 놓자마자 굵은 약 캡슐을 입에 넣고 물을 잔뜩 마셔 삼켰다. 익숙해질 때가 됐는 데도 먹을 때마다 위장 안에서 곤두선다. 거부반응 방지를 위해 내 면역을 억제시킨다는 이놈의 약은 원숭이처럼 몸을 뒤덮는 털까지 부작용으로 선물했다. 약을 내려보내느라 물을 한 잔 더 마셨더니 배 속에서 출렁이는 소리가 들렸다.

식탁 앞에 앉은 채 엄마만 빤히 보고 있으니까, 설거지를 마친 엄마가 청소기를 들다 말고 도로 와 앉았다.

"뭐가 궁금한데?"

"어디 갔다 왔는데?"

"……루미네 집에."

짐작은 했지만 직접 들으니 놀라웠다. 한 병실에서 같은 보호자 처지로 만났을 뿐인데 집에까지 찾아갔다고? 엄마 나이가 더 많다는 걸 알자마자 루미 엄마는 스스럼없이 언니, 언니 하며 따랐지만 엄마는 그런 붙임성과는 거리도 먼 사람인데.

"그럼 지난번에도?"

엄마는 고개만 끄덕였다. 아무리 내가 갇혀 지내야 한대도 말없이 루미네 혼자 다녀왔다는 게 화가 나 빈정거렸다.

"왜? 아줌마가 엄마한테 퍼부을 게 남았대? 아니면 그러고 나니까 미안해서 사과라도 해야겠더래? 자기 슬픔에 빠져 남을 마구 할퀸 게 후회스럽대?"

"너답지 않게 왜 그래? 루미 엄마도 오죽하면 그랬겠니?"

"또 나오셨네, 남들한테만 한없이 너그러우신 그 품 자락."

엄마가 나를 똑바로 보며 정색을 했다.

“사람이 받는 스트레스 중에 자식의 죽음을 보는 게 가장 치명적이래. 손쓸 새도 없이 딸을 잃었으니 기가 막히고 화도 나겠지. 분노가 쌓이다보니 쏟아부을 대상도 필요했을 테고.”

“그게 왜 하필 엄마야? 루미 엄마는 고마운 것도 모르나?”

“우리가 그래도 오래 같이 있었잖아. 그런 감정 쏟아낼 대상으로 그나마 만만했겠지. 가끔은 책임을 지울 사람이 필요한 거야.”

이마저도 그럴듯하게 정리해내니 엄마답다 싶기도 했지만 나는 물러서지 않았다.

“그것도 왜 이제 와서? 처음엔 멀쩡하더니.”

“루미 엄마 진작부터 많이 불안했어. 영안실에 갔을 때도 ‘어떻게 알고 왔어요?’ 하고 놀라잖아. 자기가 문자 보낸 걸 까맣게 잊고. 그 뒤에도 심상찮은 문자 자꾸 보낸 것도 기억 못하더라고. 아픈 아이 잘 챙기지 못한 병원, 하필이면 기침하던 보라가 옆자리로 온 것, 마스크 썼다지만 감기 걸린 간호사가 환자를 돌본 것……. 뭐든지 원망의 대상이더니.”

큼큼, 헛기침이 나왔다.

“오늘은 또 뭐랬는데?”

“오히려 미안하다고 하던걸. 자기가 아무래도 어떻게 된 것 같다고. 그러면서…….”

“그러면서?”

"이제는…… 루미가 돌아왔다고."

하마터면 헉! 소릴 낼 뻔했다. 심장이 쿵쿵 뛰었다.

"무, 무슨 말이야? 죽었다는 걸 믿지 않아?"

"그건 아닌데, 죽은 루미가 다시 집엘 온대."

내 숨결도 거칠어졌다. 목소리까지 떨려 나왔다.

"그럼 루미…… 혼, 아니 귀신이라도 본다는 거야?"

"그게……."

"그런 거야?"

"초등학교 끝날 시간 되니까 학교 갔던 루미가 돌아올 거라고 문열고 기다리더라. 그 애가 좋아했다는 포도도 씻어놓고 스파게티를 만들더니, 비가 오니까 루미 마중 간다고 우산 들고 나가던걸."

내 입안에서 침이 꿀꺽 소리를 내며 넘어갔다.

"그러니까, 루미를 본다는 거지?"

"어떤 날은 루미가 와서 제 방에 들어갔다고도 하고, 좋아하던 그림도 그리고 침대에 누웠다고도 한대. 약을 먹여야 한다고 약상자를 뒤지기도 하고. 며칠 전엔 학교 앞까지 가서 루미 친구를 집으로 데려왔더래. '루미가 아파서 못 나가니까 네가 와주지 않겠니?' 하면서 말이야. 나중에 그 아이는 무서워서 앓아누웠대. 이건 아저씨가 아침에 전화로 해준 얘기야. 그래서 더 가봐야겠다 싶었어."

"······아줌마랑 얘기는 해봤어요?"

엄마는 무언가 곰곰이 생각하는 표정으로 천천히 말을 이었다.

"딸이 떠나고 장례 치르고 할 때는 몰랐는데, 시간이 흐르면서 이건 아니다 싶더라나. 생각할수록 기가 막히더래. 그래서 빌었대, 귀신이든 유령이든 뭐라도 좋으니 제발 돌아오라고. 돌아만 온다면 뭐든 하겠다고."

"빌었더니 정말 왔다고? 그게 진짜 루미라고?"

"희미할 때도 있고 또렷이 보일 때도 있다는데, 분명히 그 애래. 가장 좋아했다는 물색 원피스도 입고 있다나. 화장할 때 입혔다는······."

"환자복이 아니고?"

"웬 환자복?"

"그게······. 엄마, 혼이니 귀신이니 하는 게 정말 있을까?"

"글쎄."

생각해보면 우리 학교에만도 그런 이야기들이 숱하게 떠돌았다. 반 애들한테 시달리다 자살한 아이 혼이 밤마다 교실을 찾아와 자기를 괴롭히던 애들 책상에 흔적을 남긴다는 얘기. 비 오는 날이면 후문 쪽 학생 동상이 살아 움직이면서 우산 안 쓰고 지나는 애가 있으면 "놀다 가." 한다는 얘기. 천둥 치던 날 과학실 한쪽 벽면에 진열된 플라스크 병들만 죄 깨졌는데 그게 원혼 때문이라는, 과학실 벽 자리가 학교 짓기 전에는 묘지였다는 이야기 등등. 우스갯소리 같기도 하고 섬뜩하기도 한 이야기들.

"비슷한 걸 본 것 같긴 한데…… 무균실에서."

"무균실에서?"

엄마는 머뭇머뭇하다 입을 다물어버렸다.

"엄마! 얘기 좀 해 봐요! 나도 이제 알 건 다 알고 나름 판단할 줄 아는 나이라고요!"

"하긴, 괜찮은 녀석일 때도 있긴 하지, 가끔이지만."

엄마가 농담처럼 말을 돌리려 했다.

"아, 진짜! 딴 데로 새지 말고! 무균실에서 뭘 봤어요?"

"……어떤 애."

"누구?"

"모르겠어. 긴 팔에 무늬 없는 하얀 옷을 입었더라. 문 앞에 있는 엄마를 밀치고 자꾸 너한테 가려고 하는 거야. 어찌나 무섭게 덤벼드는지 죽을힘 다해 막느라 쩔쩔맸지. 소리를 질러도 목소리는 안 나오고. 근데 그 애가 갑자기 괴성을 지르지 뭐야. 한 번도 들어본 적 없는, 사람이라면 결코 내지 못할 몸서리칠 만큼 섬뜩한 소리였어."

나는 침을 세 번이나 삼키고 겨우 물었다.

"혹시……, 꿈 아니었나?"

평소처럼 물어보려 했는데 목소리는 날 배신하고 떨려 나왔다. 엄마는 무시하고 얘기를 계속했다.

"귀를 막은 채 맞섰어. 안간힘 쓰다 나도 모르게 비명이 터져나오는 바람에 깜짝 놀라 깼지. 내 소리에 내가 놀란 덕에 무시무시한 꿈에서 빠져나온 거야."

맥이 탁 풀렸다. 팔다리가 또다시 저릿저릿했다.

"뭐야, 잔뜩 긴장했더니."

"시계를 봤더니 새벽 한시야. 땀으로 온몸이 축축한데, 왼쪽 어깨가 이상해. 뭔가 올라앉은 것처럼 무겁고 힘이 없어. 화장실에 가 앉았는데도 뒷목부터 어깨까지 횅한 거야. 고개를 돌렸더니……."

"돌렸더니?"

"너 생각나니? 화장실 변기 왼쪽에 세면대 있고 그 윗벽에 거울 붙어 있던 거. 그 거울에 글쎄, 걔가 있지 뭐야? 내 어깨에 올라앉았다 휙 사라지는데 분명히 그 애였어."

엄마는 소름이 돋았는지 손바닥으로 양팔 살갗을 문질러 댔다. 나도 덩달아 팔을 문질렀다.

"어떻게…… 생겼어?"

내 목소리가 갈라졌다.

"한 번도 본 적 없는 얼굴이고, 어떻게 생겼다 말하긴 지금도 힘들어. 그 표정만 기억이 나. 입이 귀까지 찢어졌다고 해야 하나? 괴기스럽게 웃던……."

"그때 난 뭐 하고 있었는데?"

"당근, 자고 있었지. 엄마가 그런 일 겪는 줄도 모르고, 쿨쿨."

엄마가 킥킥 웃으려다 어색한지 그만뒀다.

"그랬구나……. 나도 본 거 같은데……."

"너도?"

"그게……, 루미를 본 거 같아."

엄마 눈이 휘둥그레졌다.

"루미?"

"처음엔 잘못 본 거라고 생각했는데, 루미가 맞는 거 같아. 병원에서 봤어. 한 번은 병실에서, 또 한 번은 중환자실 앞에서."

"말도 안 돼."

"나도 안 믿어져. 루미가 맞나, 지금도 헷갈리고."

그래도 말하고 나니 마음이 한결 가벼웠다. 엄마는 창백해진 얼굴로 나를 물끄러미 바라보았다. 마치 내 눈동자에 떠오른 빛으로 진실 여부를 가늠이라도 하겠다는 듯.

"엄마, 나 루미네 집에 좀 데려가 줘."

"얘가, 거길 왜 간다고 그래? 엄마도 당장은 다시 가볼 마음 없어!"

엄마는 펄쩍 뛰었다. 나도 물러설 생각은 없었다. 처음엔 불쑥 뱉은 말인데 하고 나니 그래야만 할 거 같았다. 그 집에 가보면 루미가 맞는지, 그 애가 떠나지 못하고 헤매는 거라면 그 까닭도 알게 될지 모른다.

"아줌마가 그런 지경이라면서 안 간다고? 엄마, 그렇게까지 얼음여왕……."

"루미 엄마, 아빠가 널 보면 마음 불편하지 않겠니?"

"지금 그게 중요한 게 아니잖아요!"

"너 외출 금지잖아."

"뭐, 조심하면 되죠. 로빈은 이제 속 안 썩이잖아요. 소판이랑 혈구 자식만 그런 건데 뭘."

엄마가 어이없다는 내색을 했다. 헤모글로빈, 혈소판, 백혈구를 줄여 동화 속 인물 이름처럼 말하니까 우스운가보다. 그 틈을 타 재빨리 덧붙였다.

"마스크 꼭 쓰고 갈게요."

주치의한테 혼나면서도 마스크라면 질색하는 내가 그렇게까지 말하니 엄마도 더 뭐라 하기는 어려운 모양이다.

"이 두 녀석도 로빈처럼만 분발해주면 예뻐할 텐데. 그치요, 엄마?"

엄마도 결국엔 픽 웃고 말았다.

"웬일로 넉살을 다 부린다니. 어쨌든 다음번에 네 수치랑 상태
봐서……."

하다 말고 엄마가 장난스럽게 눈을 빛냈다.

"어쩌다 우리 아들이 병원 괴담의 주인공이 됐을까?"

"엄마!"

"루미가 널 많이 좋아했나보다."

"아, 정말! 지금 그런 농담할 때야?"

"미안, 미안. 너무 믿어지지 않아서."

"그럼 내가 지금 거짓말하고 있단 거야?"

"아니, 그런 건 아니야."

엄마는 이내 웃음기를 거두고 엄마답게 정색을 했다.

빗속, 희미한 그림자

잠결에 전화벨 소리를 들었지만 눈이 떠지질 않았다. 어디 안 받고 배기나 보자는 듯 휴대전화는 끈질기게 울어 댔고, 어쩔 수 없이 상체를 일으키다 번쩍! 하고 별을 보았다. 머릿속에서 우르르 천둥이 치고 전화벨 소리가 달칵 끊겼다. 세상 모든 소리가 사라졌다.

머리카락이라는 보호막의 결핍으로 나는 책상 모서리에 부딪힌 충격에서 한참 헤어나지 못했다. 그러다 문득 허공에서 기척이 난 것 같았다. 공기가 가늘게 떨리고 뭔가 끈적끈적하게 내려앉는 느낌. 뒷목이 뻣뻣해지고, 띠링! 하는 부재중 전화 신호음. 알 수 없는 기운이 가까이 오는 기분이 들더니 서늘한 기가 와락 느껴졌다.

등골이 오싹하다. 방문이 스르르 열린다. 무언가 다가온다. 뼈를 찌르는 듯한 냉기가 나를 파고든다. 책상 위에 있던, 내가 잔뜩 낙서해놓은 종이 한 장이 방바닥으로 팔랑 떨어져내린다. 종이가 내려앉은 바로 위에 희끄무레한 게 보인다. 일정한 형체도 없이 허공에 떠 있다. 그것이 와락 나를 덮친다. 숨을 쉴 수가 없다. 몸이 굳어버린다. 어둑어둑해지는 창밖 하늘. 누군가 울고 있다.

"루미야, 네가 어이없이 떠나도록 왜 그냥 두었을까. 네가 죽어가는데 엄마는 무얼 하고 있었다니? 그렇게 가기 싫어하는 널 왜 죽게 놔뒀을까?"

울부짖는다. 옷을 잡아당기고 머리칼을 쥐어뜯는다. 몸부림을 친다. 가슴이 얻어맞은 것처럼 아프다. 구멍이 날 것 같다. 내 눈에서도 눈물이 흐른다.

"얼마나 무서웠니? 얼마나 외로웠니? 강이 오빠는 저렇게 살아 있는데……."

'울지 마! 울지 마! 그만해! 저리 가! 제발 나를 놔줘!'

돌연 나는 정신이 돌아왔다. 창문에 어스름 녘 하늘이 비쳤다. 어찌 된 건지 도무지 알 수 없었다. 내 방, 천장, 책상까지 다 그대로인데 모든 것이 윤곽 없이 한덩어리로 뒤엉켰다. 너무 울어 코가 막히고 머리가 아픈데 루미 엄마 목소리가 내내 떠나질 않는다.

"강이 오빠는 저렇게 살아 있는데……."

마음이 저렸다. 찢어질 듯 아팠다. 마음도 아프고 몸도 아프고 다 아팠다. 엄마가 장바구니를 들고 들어올 때까지 꼼짝 못하고 누워 있었다.

“왜 그래? 아프니?”

멍하니 엄마를 올려다보았다. 걱정스런 눈과 마주치자 꽉 막혔던 가슴이 조금 뚫렸다.

“얼굴이 창백하네. 식은땀 좀 봐.”

엄마가 황급히 가제 수건을 가져다 내 얼굴의 땀을 닦아냈다.

“가위 눌렸니?”

나는 숨을 길게 내쉬고는 한음 한음 힘을 주어 말했다.

“아무래도 루미네 가봐야겠어.”

엄마가 나를 주의 깊게 바라보았다. 바닥을 기는 면역 수치 탓에 바깥출입이 어려워, 루미네 가는 걸 미루고 있는 참이다. 이럴 때 세균이나 바이러스라도 침투하면 큰일이라고 엄마는 더 철저히 내 위생을 챙겼다. 기운이 없어 조금만 심하게 움직이면 식은땀이 나는데도 마음은 자꾸 급해졌다.

“꼭 그래야겠니?”

내 마음속에 이미 답이 들어 있다는 걸 알면서도 엄마는 저렇게 묻는다.

‘루미가 나한테 바라는 게 있는 건 아닐까. 그게 뭘까?’

엄마가 어쩔 수 없다는 듯 말했다.

“모레, 병원 가는 날이니까 다녀온 뒤에 가보든지.”

갑자기 속이 메스꺼웠다. 내 안 어디선가 루미네 가보라는 목소리가 자꾸 들리는데, 사실 안 가고 싶은 마음도 못지않았다. 루미네 가면 어떤 일이 기다리고 있을지 가슴 설레면서도 두려웠다.

외래 진료 갔다온 다음날, 세수하다 손바닥에 생긴 붉은 반점들을 보았다. 이튿날에는 팔에도 등에도 잔뜩 돋아났다. 검붉은 멍처럼 퍼진 반점들이 꺼림칙했다. 혈소판 수치가 급속히 떨어져 출혈 위험이 높다는 경고, 아니면 귀에 딱지 않도록 들은 이식 거부반응일지도 모른다는 생각을 했지만 무시했다. 안 그래도 병원에서 백혈구 수치를 강제로 높이는 촉진제까지 맞고 나온 참인데, 엄마가 알면 루미네는커녕 당장 병원으로 가야 한다.

공영주차장 옆에 4층짜리 붉은색 벽돌 연립주택이 있었다. 마당엔 자그마한 꽃밭도 있고, 양쪽으로 이어진 꽃밭 사이를 대여섯 걸음 지나면 바로 계단이었다. 계단 앞에 서 있자니 길고 어두운 땅속으로 끝없이 연결된 것은 아닐까 싶은 기분이 들었다. 숨을 잔뜩 모았다 내쉬었다.

엄마가 일층 문을 두드리고도 한참 뒤에야 루미 엄마가 얼굴을 내밀었다. 어딘가 낯설었다. 빗지도 않은 듯 헝클어진 머리, 핏기 없이 푸석한 얼굴엔 푸르스름한 정맥까지 비쳤다. 루미 엄마야말로 숨만 쉬고 있는 유령 같았다. 병실에서도 늘 장신구에 화장까지 하고 화사, 명랑, 수다스럽던 루미 엄마와 같은 사람이라고는 상상

할 수 없었다.

"……강이 왔구나. 어서 와."

내 손을 잡고 안으로 이끄는 손도 차디찼다. 금방이라도 부서질 삭정이 같았다. 야윈 얼굴에 눈동자는 어쩐지 풀려 보였다.

현관으로 들어서자 왼쪽에 마루, 오른쪽에 방문이 하나 있다. 방문을 지나니 바로 부엌, 그리고 또 반대편에 방문. 루미 엄마가 과일 접시를 내 앞으로 밀어주며 말했다.

"강이는 좋겠다, 이렇게 잘 돌봐주는 엄마가 있으니."

엄마는 뜨거운 커피에 혀라도 덴 듯 어쩔 줄 몰라 했고, 나는 멋쩍게 웃고 말았다.

"더 잘 보살폈으면 우리도 어이없이 당하진 않았을 텐데. 다 내 잘못이지."

"무슨? 왜 루미 엄마 탓이에요?"

"나는 엄마잖아요. 엄마가 넋 놓고 있는 바람에 그리 돼버렸죠."

"엄마가 무슨 슈퍼맨인가? 겪어봐 알겠지만 병원 생활이란 거 긴장의 연속이잖아. 기계 아닌 사람인데 늘 팽팽한 고무줄처럼 어찌 살아요."

"그래도 엄마는 그러면 안 되죠."

루미 엄마는 고개까지 내저으며 중얼거렸다. 그 옆에 앉아 있기 뭐해 가만히 일어났다. 화장실에 갔다 나와 이리 기웃 저리 기웃

하는데 부엌 바로 옆에 닫힌 방문이 신경 쓰였다. 방문 둘이 다 반쯤 열렸는데 그 문만 닫혀 있다. 그 안에서 무언가 나를 부르는 거 같은 기분이 들었다. 돌아보니 루미 엄마는 여전히 죄책감 목록을 작성하는 중이다.

"버스를 탔는데 잠이 들었죠. 깨보니 아이가 자고 있는데요. 아무 생각 없이 내렸는데 허전한 거예요. 버스 떠난 뒤에야 알았어요. 루미였다는 거. 버스 안에 혼자 두고 내렸다는 거. 기가 막혀서⋯⋯. 어떻게 엄마가 아이를 두고 내릴 수 있어요? 가슴을 치는데 문득 보니 내 손가락이 없지 뭐예요. 다 잘려나갔는데 아프지도 않더라고요. 소스라쳐 깼더니 밖에 비가 오고 있어요. 아침에 학교 가는 루미한테 우산을 챙겨주지 않았다는 게 그제야 생각났죠. 뛰어나가는데 루미가 쫄딱 젖어 돌아왔어요. 그리고 병이 나버렸죠⋯⋯. 처음엔 감기라고만 생각했는데, 그 큰 병을 앓게 될 줄⋯⋯."

"루미 엄마."

"그리 허망하게 가버렸으니⋯⋯. 차라리 내가 죽고 그 애가 살았으면⋯⋯. 내 아이가 죽어가는데 아무것도 해주지 못하고⋯⋯."

루미 엄마 눈가가 붉어지더니 눈물이 주르륵 흘렀다.

"너무하잖아요! 아이는 갔는데 엄마라는 게 멀쩡히 살아서⋯⋯. 너무 부당하잖아요!"

루미 엄마는 넋이라도 나간 사람처럼 주먹으로 가슴을 쥐어뜯었다.

"여기가 아파요. 매라도 맞은 것처럼 아파요. 시간을 돌릴 수만 있다면……."

루미 엄마가 운다. 울고 또 운다. 저러다 몸속 눈물이 죄다 빠져나가지 않을까. 목이랑 코랑 눈이랑 다 아프고 욱신거릴 텐데…….

"그만 좀 하라니까!"

언제 들어왔는지 현관 쪽에서 루미 아빠 소리가 났다.

"마음 좀 단단히 먹어! 당신 그러는 게 루미를 더 괴롭히는 거라고! 왜 그걸 몰라!"

루미 엄마가 두 손으로 얼굴을 가린 채 흐느꼈다. 엄마가 루미 엄마를 안았고 루미 엄마는 엄마 품으로 쓰러졌다. 무균실에서의 쇼크 경험 이후, 또 루미가 떠난 뒤, 나는 죽음에 대해 새삼 생각하게 되었다. 그러나 죽는다는 사실에 대해서만 생각했지, 죽음 뒤에 남겨지는 게 훨씬 힘들 수도 있겠다는 걸 이제야 알았다. 남은 사람들은 그 기억과 엄청난 슬픔의 그늘에서 어떻게 살아야 하는 것인지. 가슴이 먹먹해왔다. 루미 아빠의 그렁해진 눈과 마주쳤다. 코끝이 매워 엉거주춤 고개만 숙였다.

"강이가 왔구나."

루미 아빠가 억지로 웃어 보였다. 수염 무성한 얼굴은 전보다 한결 꺼칠했다. 그 덩치 좋던 사람이 바람이라도 세게 불면 쓰러질 듯 허깨비 같아 보였다. 드러내놓고 울지도 못하는 루미 아빠의 고통은 또 얼마나 클까.

"미안하구나, 이런 모습 보여서."

나는 고개만 저었다. 가슴 언저리가 뻐근했다.

"아줌마는 어떡하면 루미가 죽지 않았을까 자꾸 생각하는 거야. 우리 모두 어떻게든 했더라면 보내지 않을 수도 있었을 거라 여기니까 단념을 못해. 그래서 더 괴로운 거야."

시선을 돌렸다. 내 눈이 아까부터 신경 쓰이던 방문에 가 멎었다. 루미 아빠가 눈치챘는지 닫힌 방문 앞으로 나를 이끌었다.

"들어가 볼래? 루미 방이란다."

루미 아빠를 따라 방 안으로 한걸음 들여놓다 말고 엉덩방아를 찧을 뻔했다. 무언가 내 앞을 휙 스쳐갔다. 휘릭 날아올라 허공을 한바퀴 돌고 책상 위로 내려앉은 것은, 새였다. 작고 하얀 새 한 마리. 아니, 학이다. 하얀 종이로 접은 종이학. 하지만 언제 그랬냐는 듯 종이학은 시침을 뚝 떼었다. 루미 아빠는 보지 못했는지 책상 앞으로 곧장 걸어갔다.

숨을 한번 몰아쉬고 나서 방 안을 주의 깊게 둘러보았다. 움직이는 거라곤 없었다. 분홍빛 감도는 벽지며 레이스 달린 커튼, 침대를 덮은 알록달록한 퀼트 이불, 그리고 작고 아담한 책상, 그 위의 종이학 한 마리.

"너 퇴원하고 루미가 창가 자리로 옮겨갔잖아. 그때 새를 봤단다. 마침 내가 있던 날인데, 창밖 나뭇가지에 새집 있었지? 거기로 새가 날아들었어. 루미가 '아빠! 아빠! 저기 봐! 저 새!' 하고 소리치는 바람에 깜짝 놀랐지. 멍하니 텔레비전을 보거나 까라져 잠만 자던 아이가 그처럼 또렷하게 말한 게 얼마 만인지. 내가 봤을 때는 날아간 뒤였지만, 루미 말로는 조그맣고 하얀 새였대. 그것도 두 마리나."

햇살나눔 정원의 그 부실한 새집에 새가 다시 찾아왔던 모양이다. 그 작은 새가 짝을 만났거나 새끼라도 낳은 걸까.

"그날 기를 쓰고 종이를 접더니 저걸 만든 거야."

"드디어 학을 접었네요."

"그런데 마음에 안 차는지 심술을 내고 던져버리더구나."

"왜요?"

"머리가 둘이어야 하는데 아무리 해도 안 된다나?"

루미는 결국 쌍학 접기를 배우지 못했다. 학 접기를 먼저 해보겠다고 시도한 날, 적혈구와 혈소판 수혈을 받았는데 열이 높아 쌕쌕거렸다. 다음날엔 둘이 스파게티를 먹으러 간 데다 햇살나눔 정원과 도서실까지 들러 왔고, 저녁때는 루미 아빠가 와서 축구경기를 함께 보았다. 그다음 날엔 내가 중심정맥관 빼는 수술을 했고, 그러다 보니 내가 퇴원하는 날이 돼버렸다.

"쌍학 접기는 나 통원치료 와서 가르쳐줄게." 했을 때 루미는 고개를 까닥까닥하며 웃었다.

"기다릴게, 오빠."

해맑게 웃으니 살아 있는 인형 같았다.

"강이야, 이것 좀 볼래?"

루미 아빠가 책꽂이 위에 얹혀 있던 상자를 내려 뚜껑을 열었다. 종이 나라였다. 온갖 색종이, 한지, 학종이, 꽃종이 들이 가득했고, 접다 만 것도 여럿이다.

"이건……."

"병원에서 루미가 접던 거야. 머리 두 개인 학."

중심선에 맞춰 반으로 접힌 것, 날개를 꺾기 전 마름모꼴 모양, 날개까지는 됐는데 머리가 없는 것, 머리가 하나밖에 없는 것…….

"네가 오면 쌍학 접기를 배울 수 있다면서 얼마나 기다렸는지. 오빠 언제 오느냐고 몇 번이나 묻더니, 너 오기 전에 그리 돼버렸구나."

속울음이라도 삼키는지 목소리가 떨리더니 루미 아빠가 몸을 휙 돌려 나가버렸다. 찬물이라도 마신 것처럼 가슴이 싸했다. 되다 만 종이학들이 나를 빤히 올려다보았다. 마저 접어주지 않겠냐고 묻는 것 같았다. 그중 하나를 집어들었다. 이어서 접으려고 뒤집는데 한쪽만 있는 날개 끝에 깨알 같은 글자가 보였다.

날고 싶다.

종이학 위에 알 수 없는 그림자가 어른거렸다. 별안간 뒤통수가 서늘해졌다. 누군가 내 귀에 속삭이기라도 한 것 같았다.

다른 학 하나를 집어 살폈다. 거기에도 씌어 있었다.

날아가고 싶다.

불현듯 잊고 있던 기억 하나가 되살아왔다.

"글쎄, 애가 없어져서 한참 찾다 보니 처마 밑에서 비 오는 하늘을 보고 있지 뭐예요. 나이도 어린 게 청승맞게." 하고 제 엄마가 흉을 보자 내게로 몸을 기울여 비밀이라도 털어놓듯 속삭이던 루미.

"비가 아니라 새집을 본 거야. 새들이 쫄딱 젖을까봐 걱정이 됐어, 오빠."

"너, 새를 정말 좋아하는구나."

"새처럼 날아가고 싶거든!"

“아, 어쩌면……”

나는 루미가 접다 만 종이학들을 남김없이 살펴보았다. 바람이라도 흔들고 갔는지 창문이 갑자기 덜커덩거렸다.

언뜻 내 손끝에 차고 축축한 게 와닿았다. 머리끝이 쭈뼛 서면서 펼쳐 보던 종이학 한쪽 날개가 쭉 찢어져버렸다. 손끝에 와닿았던 느낌도 사라졌다. 숨을 깊게 들이마셨다 여러 번 길게 내쉬고 떨리는 손을 쥐었다 폈다 했다.

“미안, 오빠가 새로 접어줄게. 괜찮지?”

나는 접다 만 종이학들을 다시 펼쳐 차근차근 접어나갔다.

“미안하다, 루미야. 그때 쌍학 접는 법 가르쳐줄걸.”

내 안에서 묵지근한 통증이 다시금 살아났다. 나는 마음 깊숙이 담아뒀던 말을 비로소 꺼냈다.

“예전에, 너…… 죽어버렸으면…… 좋겠다고 했던 거…… 진심으로 그랬던 거 아니야. 알지?”

마음이 시렸다. 마지막 쌍학을 접어 책상 위에 놓았다. 종이학들이 안개 속처럼 뿌옇게 흐려 보였다.

“루미야, 날개를 달고 싶다는 거지? 멀리멀리 날아갈 수 있게 날개를 달아달라는 거지? 오빠가 달아주었으니 이젠 날아가.”

가만히 방문을 열고 나왔다. 기껏해야 한 시간도 걸리지 않았는데 오랜 시간이 흐른 기분이다. 거실에 앉아 이야기 나누는 엄마와 루미 아빠가 꿈속 사람처럼 보였다.

"신경정신과에서 준 우울증 약을 먹으면서 낮에도 저렇게 한잠씩 자더라고요. 자고 나서 다 털어내면 좋으련만."

"지금도 루미가 보인대요?"

루미 아빠가 힘없이 고개를 가로저었다.

"그 착각에서는 차츰 벗어나는 거 같아요. 한동안은 딸애가 엄마 아빠 보고 싶어 도로 오니 얼마나 반갑냐고, 잘못 많은 엄마한테 다시 와주니 고맙다면서도 루미가 만져지지 않는다고 속상해하고, 다가가면 물러나기만 한다고 괴로워하더니. 이제는 루미가 자꾸 사라진다고……."

루미 아빠가 나를 보더니 뒷말을 삼켰다.

"학들을 마저 접어놨어요."

"고맙다. 안 그래도 부탁하고 싶었는데."

"저……, 혹시 보셨어요? 루미가 접다 만 종이학에 씌어 있던데, 날고 싶다고."

"뭐라고?"

루미 아빠 눈이 등잔만큼 커졌다.

"날고 싶다고."

별안간 무언가를 깨달은 듯 루미 아빠가 충격 받은 얼굴을 했다.

"······그렇구나. 고맙다 강이야. 이 은혜 잊지 않을게."

"은혜는 무슨. 그럼 이만 가볼게요."

엄마가 나 대신 대꾸하며 일어났고, 나도 고개를 꾸벅하고 돌아섰다. 계단을 내려서다 말고 비틀거렸다. 머리가 핑 돌았다.

"괜찮니?"

애써 몸을 가누었다. 갑자기 빨리 돌던 지구가 천천히 속도를 늦추었다.

"아무래도 무리였나보다. 어서 집에 가자."

엄마의 부축으로 계단을 내려오는데 멀리서 천둥소리가 들렸다. 문득 뒤에서 희미한 기척이 다가와 돌아봤지만 보이는 건 없었다. 마당에 서니 그새 하늘이 어둑어둑했고 습기를 머금은 바람마저 불어왔다.

"날이 왜 갑자기 어두워지지? 참, 내 정신 좀 봐. 전화기!"

엄마가 다시 건물 안으로 뛰어 들어갔다. 바람이 한바탕 몰려오더니 엄마가 뛰어 올라간 계단을 소리치며 뒤따라갔다. 두루미들이 바람 너머로 구슬프게 우는 소리가 들리는 거 같았다. 먼 데서 다시 천둥이 울었다.

루미네 집 담벼락에는 담쟁이덩굴 서너 줄기가 찰싹 달라붙어 있다. 그 밑에 개미 한 마리가 담쟁이 이파리로 올라서려 안간힘을 쓴다. 기어오르려다 미끄러지고, 다시 오르려다 미끄러지는 개미를 보고 있으려니 머릿속에 안개가 낀 듯 자꾸 꿈속 같은 기분이 들었다.

그때였다. 바람이라도 갑작스레 파고든 것처럼 내 몸이 바르르 떨렸다. 심장이 빠르게 뛰었다. 새 그림자 같은 게 담쟁이 이파리들을 언뜻 스쳐갔다. 그리고……, 거기에 흐릴 대로 흐릿한 그림자 같은 모습이 살그머니 드리워졌다. 그나마 그림자는 바람에 흔들리는 담쟁이 이파리처럼 살짝살짝 흔들렸다. 병원 환자복 같기도 하고 물색 원피스 같았다가 금세 또 달라졌다. 마치 연기로 그려진 그림 같았다. 새 같기도 사람 같기도 구름 같기도 했다. 루미의 귀신인지 혼령인지 헛것인지 모르겠지만 어쨌든 그 애가 마지막으로 보내는 신호 같았다.

생각보다 무섭지 않았다. 처음에만 섬뜩했을 뿐, 무섭다기보다 슬펐다. 병실 침대 위에 정물처럼 앉아 있던 가냘픈 루미 모습이 떠올라 가슴까지 저렸다. 내 눈에 뭔가 고이더니 걷잡을 수 없이 눈앞이 뿌예졌다. 안 그래도 희미한 그림자 같은 모습이 눈물 때문에 부옇게 번져 보였다. 손등으로 눈물을 닦고 났을 때 물방울 하나가 담쟁이 이파리 위로 툭 떨어졌다. 비가 오고 있다는 걸 그때서야 깨달았다. 머릿속은 뿌옜고 마음속에는 종잡을 수 없는 쓸쓸함, 서글픔, 무력감 들이 뒤엉켰다.

"루미야, 이왕 떠났으니까 그 지겨운 약도 주사도 없는 곳으로

가. 아픔 같은 거 아예 없는 좋은 곳으로. 알았지? 그래, 루미야 잘
가.”

작별인사를 하고나니 가슴속 여기저기 뚫려 있던 구멍들이 하나
둘 메워지는 기분이 들었다. 붉은 벽돌 담벼락이 금세 빗물에 젖었
다. 붉은 물이 들기 시작한 담쟁이 잎들도 제 몸을 떨며 물방울을
떨어뜨렸다. 꽃들이 다 져버린 꽃밭도 벌써 물기를 머금었다.

이렇게 쓸쓸한 저물녘, 비마저 오니 세상 모든 것의 경계가 흐려
지는 거 같다. 하늘과 땅, 살아 있는 것과 죽은 것, 산 사람과 죽은
혼……. 그치지 않는 빗속을 희미한 그림자가 떠돈다. 모두 다 흐
릿하다. 어쩌면 삶과 죽음의 경계라는 것도 비가 내리고 바람이 조
금만 불어도 흩어져버리는 한가닥 연기 같은 것은 아닐까.

“왜 비를 맞고 있어? 안으로 들어와 있지. 큰일 나려고.”

엄마가 뒤에서 내 몸을 와락 끌어당겼다. 나는 힘없이 건물 안으
로 끌려 들어왔다. 엄마는 내 젖은 머리칼과 어깨를 손수건으로 급
히 닦아냈다. 결국 엄마가 루미네 집에 다시 올라가 우산을 빌려왔
고 우리는 그걸 쓰고 집으로 돌아왔다.

새들이 날아간 곳

몸이 으슬으슬하고 얻어맞은 것처럼 아프더니 새벽부터 열이 빠르게 올랐다. 머리가 돌처럼 무겁고 발밑으로는 바닥이 자꾸 무너져내렸다. 점점 숨이 가빠오고 산 채로 불에 타고 있는 듯한 기분마저 들었다. 깜빡 정신을 놓았다 깨니 엄마가 내 얼굴과 몸을 얼음 수건으로 닦아내고 있었다. 다시 깨니 차갑고 딱딱한 체온계가 겨드랑이로 파고들었고, 그다음 다시 깼을 땐 흔들리는 차 안이었다. 또 한 번 깼을 땐 병원 응급실에 와 있었다. 웅성웅성…… 와글와글…… 웅얼웅얼……. 바퀴 구르는 소리, 기계에서 나는 소리, 발소리, 목소리……. 온갖 소리들이 머릿속에서 이리저리 헤엄을 쳤다. 주치의 목소리도 섞여 있었다.

"어떻게 된 거예요?"

"어제 외출했다 비를 좀 맞긴 했는데……."

"요즘 인플루엔자도 극성인데. 균이고 바이러스고 얘는 고위험
군인 거 몰라요?"

"죄송합니다. 저어, 독감이라도 걸린 걸까요?"

"글쎄요, 반점 퍼진 거 보면 거부반응 같기도 하고, 혈소판도 불
안한 거 같고. 코피는 안 났어요? 이런, 헤르페스에 입안에 물집까
지 잡혔네요."

다른 목소리도 끼어들었다.

"비엠티 했던 환자인가요?"

"아니, 처방 낸 지 언젠데 아직도 해열제를 안 준 거죠?"

"피검사부터 하고 심전도랑 혈압, 맥박 수시로 체크하세요!"

목소리, 목소리 들이 끼어들고 합쳐지고 갈라져 둥둥 떠다녔다.
생각을 제대로 모을 수가 없다. 열은 모든 생각마저 녹여버리는 것
같다. 몸은 천근만근 가라앉는데 주변은 너무 환하고 너무 시끄러
웠다. 조용한 곳에서 편히 잠이나 잤으면 싶었다.

창밖에 가는 비가 내린다. 촉촉이 젖은 창밖 단풍나뭇잎에 물방
울들이 오롱조롱 맺혀 있다. 가느다란 가지에 새집이 보인다. 작은
새 두 마리가 이쪽저쪽으로 고개 돌려가며 부리짓한다.

고개를 돌려 병실 안을 본다. 형광등 달려 있어야 할 천장이 사라
졌다. 이상하다. 비는 그쳤는데 세상이 짙은 안개처럼 흐릿하다.

둘러봐도 아무도 없다. 혼자 낯선 곳에 내던져진 거 같다. 나는 두리번거리는 걸 그만두고 천천히 걷는다. 무거운 옷이라도 벗어던진 것처럼 몸이 가볍다. 그러나 길은 자꾸만 멀어지고, 어디까지 가야 하는 걸까, 돌아가야 하는 건 아닐까 생각하는데 저 앞에 뿌연 빛이 퍼지기 시작한다.

그쪽으로 한걸음 내딛자 세상이 온통 갖가지 색채로 물든다. 뿌연 빛은 점점 노랗게, 이내 진노랑, 연두, 초록으로 바뀐다. 이내 검은색으로, 다시 흐려지는 어둠 속에 누가 있다. 작고 가녀린 여자아이가 뒷모습을 보인 채 멀어져간다.

"같이 가자!"

목소리는 나오지 않는다. 목에 이물질이 잔뜩 끼었다.

"오빠는 오면 안 돼! 나 혼자 가야 하는 거래."

머릿속을 울리는 목소리는 가냘프지만 완강하다. 내가 멈칫하는 사이 여자아이는 가버리고 재빠르게 길마저 삼켜버리는 어둠.

세상은 이제 초록으로 옷을 갈아입는다. 초록 물결처럼 뒤덮은 수풀에 수천수만 마리 새들이 모여 있다. 하얀 새 무리가 거의 동시에 머리를 돌려 나를 바라본다. 검푸른 눈동자들이 번쩍거리며 빛난다. 바람이 불어온다. 새들이 바람 부는 쪽으로 천천히 목을 내민다. 날개를 위아래로 힘차게 퍼덕이더니 둥실 떠오른다. 목을 앞으로, 다리를 뒤로 뻗어 부리와 목, 다리가 일직선이 된다. 새들이, 헤아릴 수 없이 많은 새 떼가 브이(V) 자를 그리며 난다. 멀리 멀리 날아간다. 새들이 날아간 곳, 거기에 하늘이 있다. 파랗고 환한, 눈부시게 맑은 하늘.

눈을 떴다. 창밖에 쏟아지는 찬란한 햇발, 바람에 흔들리는 나뭇가지, 내게 손 흔드는 나뭇잎들, 그 사이로 비쳐드는 투명한 아침 햇살……. 눈물이 났다.

지난번 루미와 함께 있던 그 병실, 창가 내 자리였다. 응급실에서 중환자실을 거쳐 병실로 돌아오는 데 사흘이 지나갔다고 했다. 인플루엔자 바이러스 감염에 급성 폐렴까지 겹쳤지만, 열이 내렸으니 염증도 금세 잡힐 거라 했다. 온갖 치료제와 약물이 몸속으로 흘러들고, 입안의 궤양은 아물었고 몸의 반점들도 조만간 옅어질 것이다. 병실은 환하고 루미가 있던 침대는 비어 있다.

knock knock knockin' on heaven's door…….

루미 울음소리와 목소리가 들리지 않는 병실의 고요함이 낯설어 엠피스리 볼륨을 더 키웠다. 민석이 형 덕에 좋아하게 된 노래다.

knock knock knockin' on heaven's door, knock knock

knockin' on heaven's door…….

뇌종양과 골수암으로 죽어가는 두 남자가 바닷가에 앉아 술병을 기울이는, 영화의 마지막 장면이 떠올랐다. 그 뒤로 울려퍼지는 밥 딜런의 목소리……. 숨차고 현기증으로 괴로울 때 즐겨 듣는 노래라던데, 민석이 형은 어떻게 지내고 있을까. 지난봄, 병원에서 만났을 때는 학교 수련회에 갈 거라고 했는데. 학교 측에서는 참가하지 말라고 막지만 어떻게든 갈 거라고.

"각서라도 쓰고 따라갈 거야. 어쩌면 내게 마지막이 될지도 모르는 이 봄을, 다시는 못 볼지도 모르는 친구들과 실컷 함께하고 같이 놀고 싶으니까."

'마지막이 될지도'라는 말을 아무렇지도 않게 하던 민석이 형 모습이 스쳐갔다.

마스크를 쓰고, 머리에는 보라색 면 손수건을 두른 보라가 옆 침대로 들어왔다. 오자마자 주사바늘 꽂고 피검사하더니 엑스레이와 심장 초음파 한다고 나갔다. 아줌마가 부리나케 정리해놓고 나간 수납장 위엔 책 서너 권이 어김없이 꽂혔다. 보라를 볼 때마다 신기하다. 나보다 겨우 한 살 어린데 책을 끼고 산다. 항암제 맞을 때는 속 메스껍고 머리는 멍하고 몸까지 나른해 책 같은 건 거들떠보기도 싫던데, 저 애는 손에서 책을 놓지 않는다. 어쩌면 고통을 잊기 위해 책 속으로 도망치는 건지도.

"보라, 《빨강머리 앤》 읽는구나. 재미있지?"

병실로 돌아와 침대에 올라앉자마자 책을 잡는 보라한테 엄마가 참견을 했다. 딸이 없어선지 엄마는 여자애들한테 유독 관심을 보인다.

"아줌마도 읽으셨어요?"

"나도 팬이야. 너만 할 때 읽고, 어른 돼서 다시 읽었는데 감동은 똑같더라. 앤의 수다를 통해 펼쳐지는 자연 풍경이 황홀하지 않니?"

"네, 제 안에서도 무언가 자꾸 들썩거려요. 이 책이 끝나는 게 아쉬워요."

"올봄에 저 창밖 정원으로 산책 간 적 있는데, 벚꽃잎들이 눈처럼 날리니까 '눈의 여왕'이라는 이름이 생각나더구나. 앤이 벚나무에 붙여준 이름이었지? 참 잊히지 않는 인물이야. 어쩜 그렇게 상상력 풍부하고 매력적인 주인공인지."

"그 눈에 비치면 모든 게 다 아름답게 변하는 것 같아요. 앤은 정말 특별해요!"

언젠가 엄마가 그 책을 밤새워 읽는 걸 보고, 궁금증에 나도 앞부분을 읽어본 적 있다. 매력적인 주인공인지는 모르겠으나, 앤이라는 애가 엄청난 수다쟁이인 것만은 분명했다. 제 아빠한테 매달려 끊임없이 수다를 떨던 루미처럼.

"아, 미야자키 하야오 감독이 만든 애니메이션도 좋아. 혹시 봤니?"

"지금 일요일마다 교육방송에서 해요. 어제도 봤는데, 그림이 참 예뻐요. 어제는 매슈 아저씨가 죽었는데 막 눈물이 났어요."

"그랬구나. 이번 일요일에 나도 봐야겠는걸."

"저도 앤 셜리처럼 건강하고 말도 잘하고 친구들한테 인기도 많은 애였으면 좋겠어요."

"얼마든지 그렇게 될 거야. 몸도 차차 건강해질 테고……."

엄마가 말끝을 흐렸다. 엄마와 얘기하는 내내 보라는 초록 표지의 두툼한 책을 소중한 보물처럼 가슴에 꼭 끌어안고 있었다. 정말 책을 좋아하는 모양이다. 골똘한 표정으로 다시 책장을 펼치는 보라를 보다 나도 책을 꺼내 들었다. 올봄, 처음 입원하던 날은 벚꽃이 흰 눈처럼 날리던 날이었다. 그때부터 빛깔 곱게 물든 나뭇잎이 떨어지는 지금까지 책 따위 손에 잡고 싶다는 생각조차 든 적 없었는데, 불현듯 그리운 옛 친구라도 생각난 것처럼 책을 보고 싶었다.

벼랑 끝에서 한걸음

마침내 모퉁이를 돌아서니 천길만길의 벼랑길이다. 왼쪽은 무시무시하도록 깊이 팬 계곡, 오른쪽은 깎아지른 산비탈, 그 사이로 외통수의 좁은 길. 나는 생과 사의 기로인 벼랑 끝에 서 있다. 살아가며 시시로 이처럼 벼랑 끝에 있다는 심정으로 순간순간을 살아나가려 애쓴다면 참된 삶의 의미를 깨달을 때가 오지 않으랴.

내가 좋아하는 여행 작가의 책이다. 사람들 발길이 못 미치는 오지 중의 오지만 찾아다니는 그의 고집이 마음에 든다. 책을 내려놓고 창밖을 내다보았다. 햇살나눔 정원의 모습이 많이 달라졌다. 책 속에서는 하얀 눈 덮인 히말라야가 내게 손짓했지만, 현실의 가을 색도 나쁘지 않다. 누런 버들잎이 바람 불 때마다 꽃잎들처럼 흩날린다. 붉은 잎을 한창 떨어낸 단풍나무도 가지가 제법 드러났다.

가지 사이에서 위태롭던 둥지는 보이지 않는다. 창문에 얼굴을 바짝 붙이고 올려다보아도 찾을 수가 없다.

노크 소리가 나더니 빡빡머리에 마스크 쓴 사람이 불쑥 들어섰다. 엄마도 나도 깜짝 놀랐다. 형이 아니라 다른 사람인 줄 알았다. 병원에서 알머리 아이들을 많이 보고, 나도 아직 머리칼이 짧지만 까까머리 형은 볼수록 낯설었다. 엄마가 다짜고짜 물었다.

"왜 밀어버렸어? 날씨도 쌀쌀한데."

"동생 기분 좀 공유해보려고요."

"윽! 어이 상실이다. 공유할 게 따로 있지. 빡빡머리가 뭐 좋은 거라고."

내가 투덜거리자 형의 눈이 안경 속에서 씩 웃었다.

"형, 솔직히 말해봐. 이제부터라도 심기일전하겠다는 작심의 표시? 가만, 수능이 언제더라? 그러게 평소에 잘해두지 그랬어."

내가 놀려도 형은 어깨만 으쓱하더니 엄마한테 진지하게 말했다.

"아무래도 수시는 어려울 거 같아요. 일학기 내신이 영 별로라서."

"저런, 그때가 마침 중간고사 때였지? 퇴원하고 가서도 컨디션 안 좋았다며?"

"예, 좀. 어쨌든 정시라도 최선을 다해볼게요."

“하는 수 없지 뭐. 그 말 하려고 예까지 왔어? 한창 마음 바쁠 텐데.”

“바람도 한번씩 쐬어야죠, 강이도 보고 싶고.”

“미안하구나. 고3인데 엄마가 따듯한 밥 한끼를 못 챙겨주니. 동생 골수 주느라 중요한 시험까지 망치게 하고.”

“뭐, 꼭 그 때문이겠어요? 강이 말처럼 제가 평소에 열심히 해두지 않은 탓이죠. 밥은 걱정 마세요. 점심도 저녁도 학교에서 해결해주는데요 뭐.”

나는 침만 삼키고 있다 겨우 말했다.

“형, 내가 쬐금 미안하네.”

“신경 쓰지 말고 얼른 회복이나 해. 나도 엄마가 해주는 맛난 밥 좀 먹게.”

목이 메어와 대답은 못하고 고개만 끄덕거렸다. 형은 한동안 말없이 앉아 있다가 돌아갔다. 형 골수가 내 몸에 들어온 지 백일을 훌쩍 넘겼으니 의사 말대로라면 내 안에 흐르는 형의 피가 더 많아지기 시작했을 거다. 지난봄에 이식을 하고 난 직후에는, ‘형 골수가 피를 만들기 시작해 내 몸에 흐르게 되면 그게 내 피야, 형 피야?’ 하는 생각을 여러 번 했었는데…….

“강이 벌써 자나보네요.”

주치의 목소리가 꿈결처럼 들렸다. 서너 달마다 교대하게 되어 있어 아직 내 담당인 왕재수 주치의다.

"형이 와서 모처럼 이야기를 많이 하더니 피곤했나봐요."

"네에……."

"왜, 강이한테 할 말 있으세요?"

"아무래도 골수검사를 해봐야 할 거 같아서요."

잠이 확 달아났다. 엄마 목소리가 가늘게 떨렸다.

"골수검사를…… 왜요?"

'피검사하듯 수시로 할 거니까 익숙해져야 한다.'며 처음부터 엄포를 놓던 의사 말처럼 우리를 걸핏하면 못살게 구는 골수검사다. 나는 눈을 뜨고, 골수검사는 이제 하기 싫다고 끼어들려고 했는데 그러지 못했다. 이어진 주치의 말 때문이다.

"혈액검사 결과가 계속 심상치 않아요. 아무래도 재발한 거 같아요."

'재……발?'

"재발……이라면?"

"이식 거부반응일 수도 있고, 같은 얘기지만 생착 실패일 수도 있고, 이식된 형 골수가 기능을 못하는 것일 수도 있고."

엄마가 보호자 침상에 주저앉은 듯 풀썩 소리가 났다.

"어떻게…… 그런……, 얼마나 조심하며 살았는데……."

“그러게요, 일이 이렇게 돼서.”

“혹시……, 골수검사해서 다른 결과가 나올 수도 있을까요?”

“지금으로선 정확한 진단을 위해 하는 것일 뿐, 재발이 확실해요.”

“그럼……, 어떻게 해야……?”

“재이식해야죠, 뭐.”

“당신! 그렇게 말해도 돼요? 당신한테는 아무것도 아니에요? 우리는 목숨이 왔다 갔다 하는 일인데, 의사한테는 그저 일상일 뿐이냐고요!” 하고 대들고 싶었다. 하지만 입도 떼지 못했다. 가슴에서 불덩이가 치밀고 눈물이 주르륵 흘렀다.

엄마가 밖으로 뛰쳐나가는 듯한 소리가 난 뒤 주치의도 따라 나가는 것 같았고, 이내 병실이 고요해졌다. 보라네 모녀도 잠들었는지 조용했다. 나는 벌떡 일어나 침대 주변에 커튼을 빙 둘러쳤다. 이 분노와 울음을 어찌해야 할지 몰랐다. 커튼 하나로 완벽하게 분리된 작은 공간에서 혼자 일어났다 앉았다 바닥을 서성거리다 도로 침대 위에 올라앉았다. 주사바늘을 거칠게 잡아뺐다. 서랍 속에 있던 반창고를 꺼내 손이 저릴 정도로 칭칭 감았다. 아픔도 느끼지 못했다. 수납장 안에는 응급실로 들어오던 날 입었던 옷이 그대로 걸려 있었다. 꺼내 입고 모자를 푹 눌러쓴 채 병실을 빠져나왔다.

야간 담당 간호사 둘이 지키고 있는 복도 중앙 간호사실을 등지고 비상구로 갔다. 문을 열자 또 문이 하나. 그걸 열자 한밤중에도 불이 환한 병원의 계단이 나타났다. 내려가는 계단, 올라가는 계단. 내 발이 닥치는 대로 택한 건 올라가는 계단이었다.

"어떻게 다시 원점이냐고!"

한 층도 채 못 올라갔는데 숨이 찼다.

"이식만 잘되면 일상생활 할 수 있다며? 얼마나 고생했는데!"

또 한 층도 못 올라갔는데 다리가 후들거렸다.

"다른 애들하고 똑같이 살 수 있다며? 고통이 깊은 만큼 앞날은 평탄할 거라며? 인간이 겪어야 하는 고통의 총량은 똑같을 거라며?"

또 한 층도 못 올라갔는데 심장이 금세라도 튀어나올 것처럼 벌렁거렸다.

"눈부신 첨단 의료 과학? 흥, 웃기지 말라고 해! 형 골수를 받은 경우엔 거부반응도 재발 확률도 거의 없다고? 확률 좋아하시네."

또 한 층 올라가다 말고 기진맥진했다. 심장은 터질 듯했고 땀이 비 오듯 솟고 머리가 빙글빙글 돌았다. 그 자리에 고꾸라질 듯 주저앉았다.

'여기서 끝내버릴까? 병원 건물이 몇 층이더라? 끝까지 올라가면 옥상이 있겠지? 뛰어내려 버리면……'

계단을 더 올라가는 건 꿈도 못 꾸겠고, 9층에서 비상구를 빠져

나와 엘리베이터를 탔다. 복도 중앙 간호사실을 지나쳐야 했지만 나와 관계없는 내과 병동인 데다 들킨대도 상관없었다. 꼭대기 층인 12층에서 내려 외과와 정형외과 병동을 지나 복도 끝 비상구를 찾아갔다. 역시 올라가는 계단과 내려가는 계단, 올라가는 계단 끝에는 옥상으로 통하는 문이 있다. 그 문을 향해 한발 또 한발 천천히 올라갔다. 저 문만 열면……. 저기까지만 가면……. 끝이다.

'아프고 힘들고 서럽고 외로웠던 열여섯 내 삶이여, 안녕!'

헐떡이는 숨을 깊게깊게 들이쉬었다 내뿜었다. 그리고 옥상 문을 밀었다.

꿈쩍도 하지 않았다. 문 위에 붙은 빨간 비상등이 경고하듯 깜빡이며 나를 빤히 내려다보았다. 있는 힘을 다해 다시 밀었다. 그러나 굳게 닫힌 성문처럼 꿋꿋이 버티기만 했다.

이곳은 통제구역입니다. 환자 및 보호자 분들께서는 3층 안내대로 가셔서 안내 받으시기 바랍니다.

약 올리는 것 같은, 문에 붙은 문구가 그제야 눈에 들어왔다. 다시 한 번 죽을힘을 다해 밀었지만 견고한 문은 묵묵히 버텨냈다. 화가 난 내 발에 얻어맞고도 신음조차 내지 않았다. 당장이라도 떨어져나갈 듯 아프고 쑤신 발 때문에 눈물이 불쑥 나왔다. 이렇게 늦은 밤에도 환하기만 한 계단의 전등 불빛을 향해 주먹질을 했다.

내 몸을 완벽하게 숨길 수 있는 어둠 속으로 가고 싶었다. 비상구 문을 다시 열고 복도로 나왔다. 엘리베이터를 타고 가장 밑에 있는 버튼을 눌렀다. 승객이라곤 나 하나만 태운 엘리베이터는 순식간에 지하 1층에 도착했고, 금세 지하주차장으로 가는 통로가 나타났다. 저 앞에 주차장 쪽으로 걸어가는 가족의 뒷모습이 보였다. 엄마와 아빠인 듯한 사람과 내 또래로 보이는 남자애의 뒷모습. 더없이 행복해 보이는 모습. 지하주차장의 탁한 공기 탓인지 기침이 쏟아졌다. 분노가 치밀었다.

"뭐 그렇게 큰 걸 바란 것도 아니잖아? 열여섯 소년이 누릴 수 있는 보통의 날들을 누리고 싶은 것뿐인데. 왜 이리 멀기만 한 거냐고!"

주차장을 빠져나가자 지하도로 연결되는 통로, 지하도마저 벗어나니 대학가 풍경이 이어졌다. 병원을 숱하게 드나들며 수없이 본 광경인 데도 낯선 거리에 처음 온 것 같았다. '맛있는 죽집' '행복한 약국' '골라먹자 분식' '둘이 먹다 하나 죽어도 모르는 떡볶이' '특별난 토스트'……. 줄줄 이어지는 먹는 집 간판들이 외계어처럼 내 앞을 스쳐갔고, 늦은 밤에도 끼리끼리 어울려 이야기 나누는 학생들, 걸어가며 즐거운 웃음 터뜨리는 청년들도 다른 세상의 인물처럼 흐릿했다. 대학생 같아 보이는 두 청년이 옆을 지나치며 나를 힐끗 돌아보았다.

'왜 보는데, 왜?'

주먹이 쥐어지고 단박에 고함이 터지려는데 청년들이 건물 안으로 쑥 들어갔다. 그 뒤를 따라 나도 불쑥 들어갔다. 아무 생각 없었다. 그곳이 피시방이라는 건 들어가서야 알았다. 주머니를 뒤졌으나 나온 거라곤 휴대전화뿐. 잠시 생각하다 민석이 형한테 문자를 넣었다. 병원에서 집까지 버스로 이십 분이면 갈 수 있다고 했던 말이 생각나서였다.

형, 나 지금 병원 앞 피시방인데 돈 좀 갖고 와줄 수 있어?

답 문자가 아닌 전화가 금세 걸려왔다.

"뭐야? 너, 무슨 일 있어?"

"아, 묻지 말고 돈 좀 빌려주라."

"아, 알았다. 얘기는 가서 듣지. 꼼짝 말고 거기 있어."

"잠깐만. 여기 사람 바꿔줄 테니까 보증 좀 서줘. 형 올 때까지 게임하고 있을게."

〈워크래프트〉? 〈피파〉? 〈스타크래프트〉? 좋아, 〈콜오브듀티〉! 자리에 앉자마자 전쟁 게임에 돌입했다. 시가전이 한창 벌어지는 중이다. 나는 강력한 저격총을 고른 다음 닥치는 대로 총구를 겨누고 쏘아 댔다.

'아파트의 적군을 제거하라.' '2층으로 올라가라. 테러범이 2층에 있을 것이다.' '헬리콥터가 착륙할 수 있도록 주변의 적들을 제압하라.' '지금부터는 방송국을 점령한다.' ……. 수시로 하달되는 명령도 무시한 채 내 총구는 닥치는 대로 불을 뿜었다. 조준경에 빨간 표시 들어오는 적군만 쏘라는 게임의 규칙도, '아군을 쏘는 건 용납되지 않습니다.' 라는 경고 메시지도 눈에 들어오지 않았다.

지금 이 순간 내게는 모두 다 적이다! 나만 빼고 잘도 굴러가는 세상. 그 세상에서 자기들끼리만 행복한 인간들. 완치율이 80퍼센트에 달하는 첨단 의학이라면서 병 하나 제대로 못 고쳐주는 의료 기술. 죽을 고비를 넘게 하고도 모자라 나를 끝까지 놓아주지 않는 병마. 남의 것을 내 몸 안에 넣는 일을 또 해야 한다는, 그것도 처음부터 고스란히 다시 해야 한다는 기막힌 현실까지.

그 모두를 화면 속 전쟁터에 몰아넣고 저격총으로 갈겨 댔다. 원샷, 원 킬! 내 총알에 고꾸라진 놈, 팔이 날아간 놈, 목이 떨어진 놈한테서 터져나오는 핏물……. 수류탄이 날아가고 탱크가 터지고 다리가 폭삭 무너지고 건물이 화염에 휩싸이고……. 나는 전진, 또 전진한다. 포성. 화염. 불. 아우성을 짓밟고 앞으로 나아간다.

왜 하필 나냐고! 왜 내게만 이런 일이 거듭 일어나느냐고! 게임처럼 아무 고통 없이 죽고 살아나고 죽고 살아나고 할 수 있다면. 이게 게임이 아니고 현실이라면. 컴퓨터의 오프 버튼을 누르듯 단번에 삶도 마감할 수 있다면. 단 한 방에 컷! 단 한 방에 킬!

마우스와 자판키를 죽어라 두드려 대다 말고 멈칫했다. 손 위에 느껴진 따스한 체온. 뜨거운 여름 햇볕에 태운 것처럼 시커먼 손이 내 손을 감싸쥐더니 손가락을 멈추게 했다. 민석이 형이 걱정 가득한 눈으로 날 내려다보고 있었다.

"일단 여기서 나가자."

민석이 형이 내 손을 잡아 끌고 피시방 밖으로 나갔다.

"어디로 갈까? 뭐 좀 먹을래?"

민석이 형을 멍하니 보며 고개만 흔들었다. 눈에 고인 눈물이 툭 떨어졌다. 민석이 형은 당황한 듯했지만 내 팔짱을 끼더니 대학 교정 쪽으로 이끌었다. 더욱 쌀쌀해진 바람이 속살까지 파고들었다.

"춥지 않아?"

"어, 괜찮아."

밤늦은 교정은 고즈넉하다 못해 쓸쓸했고 야간 데이트 족으로 보이는 남녀 두어 쌍 말고는 아무도 없다. 하지만 대학 건물 곳곳에는 아직 불이 켜진 채고, 도서관으로 보이는 건물은 눈부시도록 환했다. 낮에는 낮대로 밤에는 밤대로 세상은 제각각 빛난다. 하지만 이 빛나는 세상은 아직도 나의 것이 아니다.

죽고 싶어도 죽지 못하는 생은 죽음의 고비를 넘기면 언제나 자신을 몇 배로 단단히 성장시켜. 자, 미래로 향하는 열쇠를 짊어진 내 눈과 두 귀는 변함없이 나를 높은 곳으로 이끌어가. 나비처럼 날아서 벌처럼 쏴. 난 끝없이 고개를 숙여 인내와 노력을 가슴에 새겨. 고통은 성장의 밑거름 난 언제나 자신을 믿거든…….

민석이 형이 내 한쪽 귀에 꽂아준 이어폰에서 힘찬 비트와 빠른 템포의 래퍼들 목소리가 쏟아져나왔다. 끓어넘치던 마음이 차츰차츰 가라앉았다. 노래가 끝나자 민석이 형이 이어폰을 빼내 주머니에 넣었다. 우리는 말라버린 풀밭 가장자리 긴 의자에 앉아 있었다.

"이제 말해봐."

나는 불쑥 딴소리를 했다.

"형 손은 아직도 시커멓네."

"……철 중독 치료하면서 많이 빠진 것 같은 데도 이래. 이제 네 얘기 해보라니까?"

"뭐가 그렇게 더딘 거야? 치료제를 계속 맞으면 철도 당연히 빠져나가야 하는 거 아냐? 지금쯤은 피부 빛이 돌아와야지!"

욕이라도 하듯 불퉁스럽게 뱉는 나를 민석이 형이 빤히 바라보았다.

“너 혹시…….”

“무슨 병원이 약값은 다 받아먹고 제대로 고쳐주지도 못하고.”

“김강, 너 혹시……. 이식이 잘못되기라도 한 거니?”

“……뭐, ……그렇다던가.”

남의 일처럼 말하는 내게서 눈을 떼고 민석이 형이 하늘을 올려다보았다. 싸늘한 날씨에 다들 숨어버렸는지 별도 하나 보이지 않는다. 차가운 바람만 하늘과 우리 사이를 맴돌고 있다.

“너……, 참 힘들겠구나.”

“그래서 말인데 형, 이젠 다시 안 하고 싶어.”

“안 하면?”

“나도 면역 치료와 수혈 요법으로 어떻게든 살아갈 수 있지 않을까? 형도 그렇게 하고 있잖아?”

민석이 형이 땅에 눈을 박은 채 무겁게 말했다.

“그게 그렇게 쉬운 게 아니야. 갈수록 몸이 다시 힘들어지는 간격도, 수혈하는 간격도 점점 빨라지고 철 중독은 심해지고. 언제 무슨 합병증이 올지도 모르는데.”

놀라웠다. 언제나 의연해 보이고 자기 병을 즐겁게 다스리며 살아가는 줄 알았던 민석이 형의 약한 모습은 처음이다.

“실은 나도 언제까지 버틸 수 있을지 모르겠어. 너처럼 골수가 맞는 형제가 있었다면 진작 했을지 몰라. 이젠 다 쓸모없는 얘기지만.”

“형은……, 잘 이겨내고 잘 살아가는 줄 알았는데.”

“그러지 않으면 견딜 수가 없으니까. 할 수 있는 한 즐겁게 사는 게 날 놓아주지 않는 병에 대한 복수일 거 같거든. 그래서 기를 쓰고 노력하는 거야. 내일이 어찌 될지 모르니까. 오늘 하루 무조건 즐겁게. 할 얘기는 미루지 말고 그때그때 하고, 먹고 싶은 거 바로 찾아 먹고, 보고 싶은 사람 있으면 만나고, 하고 싶은 건 뭐든지.”

“그래서 학교 행사에도 다 끼려고 애쓰는구나. 지난봄 수련회도 그렇고.”

“그래. 그때 우리 동아리 무대에 마지막으로 섰거든. 다들 환호해 주었어. 내가 쓴 랩 가사를 좋아해주고, 우리와 한 호흡이 되어 춤추고 즐기고…….”

자기가 만든 랩을 부르며 친구들과 하나 되어 즐기는 형의 모습이 눈에 보이는 것 같았다.

“그런 짜릿함, 충만감이 다음에 이어질 고통의 시간을 다시 살아가게 하는 힘이 되거든. 어쩌면 이번이 마지막일지도 몰라. 이 친구들을 다시는 못 볼지도 몰라. 그런 생각 때문에 그 순간이 더 소중한지도. 어쨌든 나는 끝이 보이지 않는 길을 가고 있는 거니까.”

“형…….”

“하지만 너는 이식을 다시 할 수 있다는 길이 있잖아. 또 한번 해서 이번에야말로 완치될 수도 있고. 어쨌든 끝이 보이는 거잖아."

"하지만 그 끔찍한 고통을 또 겪어야 하는데."

"끔찍하겠지. 그래도 잘 이겨냈잖아. 한 번 이겨냈는데 두 번은
더 잘해낼 수도 있지 않을까?"

"다른 사람 걸 내 몸에 받아서 병을 고친다는 거. 그렇게 생명을
이어가는 거. 한 번도 아니고 두 번씩이나 그렇게까지 해야 하는
건가."

"그러니까 더더욱 해야지. 이미 너한테 골수를 나눠준 네 형을
봐서라도 어떻게든 다시 건강해져야지. 이번에야말로 잘돼서 다른
애들처럼 살아봐야 할 거 아냐. 수정이나 보라 같은 애 생각해봐.
그래도 너는 아직 희망이 있잖아."

보라는 루케미아 치료가 순조롭지 않아 온갖 합병증에 시달리는
데, 언니에 동생까지 있어도 유전자가 맞지 않아 골수 이식도 못한
다. 수정이는 언니 골수를 받은 지 두 달 만에 재발해 다시 이식을
했다. 하지만 거대세포 바이러스에, 이식편대 숙주반응까지 찾아
와 내내 고생하다 또 재발하고 말았다. 병원에서도 더는 해줄 게
없다고, 그때그때 급한 조치만 취해줄 뿐이라고 했다. 그런데도 수
정이는 "나는 병원 체질인가봐요. 병원에만 오면 열도 금방 잡히고
염증 수치도 바로 내려간다니까요." 하며 생글생글 웃고 다녔다.
그 애 엄마가 마지막으로 병원이라도 옮겨보겠다며 데려간 뒤로는

수정이를 보지 못했다.

"고용량 항암제의 부작용으로 골다공증까지 왔으면서도 수정이는 항상 밝더라. 무릎 아파 잘 걷지도 못하는 애가 나만 보면 '오빠 왔네! 멋쟁이 힙합 보이!' 하며 방방 뛰고. 밝은 기운을 주변에 퍼뜨리는 그 애를 볼 때마다 이런 생각을 했어. 그렇게 살아내는 방법을 스스로 터득해가는구나. 강이 너도 마찬가지 아닐까."

"무슨 소리! 살아내는 방법 터득으로는 형이야말로 지존 아닌가?"

내 대꾸에 민석이 형이 피식 웃었다.

"최근에 《죽음의 수용소에서》라는 책을 읽었어. 2차대전 당시 아우슈비츠 수용소에서 죽을 고비를 여러 번 넘긴 학자가 쓴 책인데, 거기 그런 구절이 있더라고. '인간이 시련을 가져다주는 상황을 변화시키기는 어렵지만 그에 대한 자신의 태도를 선택할 수는 있다.'"

"자신의 태도를 선택할 수는 있다……."

"나치가 자기 소중한 원고를 불태웠을 때도 '왜 내가 당해야 하는가?' 한탄하는 대신 '인생이 내게 요구하는 게 무엇인가?' 하고 질문해봤다는 거야. 그때 찾은 답이 뭐였냐면, '다시 써라. 더 잘 써봐라.' 였대. ……실은 나 지난주에도, 엊그제도 혈소판 수혈했는데 내성이 생겼나봐. 이젠 수치도 꿈쩍 않더라. 그래서 나도 그 질

문을 해봤지. '인생이 내게 요구하는 게 뭐지?' 생각해봤더니, 더 열심히 더 즐겁게 살아라. 언제 삶이 끝나도 후회 없게. 내 병이란 놈한테 보란듯이. 그게 내가 찾은 답이야."

"형은 정말……."

"힘내라. 이식 후 백일 안에 생착이 실패했을 때는 예후가 나쁘지만, 그 뒤에 나타난 경우는 경과가 괜찮다고 들었어. 그래도 백일 지났으니 그마나 다행…… 아니냐? 이번에야말로 잘될 거야. 너 자신을, 네 몸을 믿어봐."

갑자기 민석이 형이 내 어깨 위에 손을 얹더니 엄숙한 어조로 말했다.

"소년이여, 두려워하지 말게! 그대는 이미 살아남는 쪽으로 선택받지 않았는가? 그 선택은 아직도 유효한 걸세!"

내 기분과 어울리지 않게 풋, 웃음이 나오려고 했다.

죽음과 맞닿아 빛나는 삶

"어떻게 된 거니? 전화도 꺼져 있고. 얼마나 걱정했는데."

한바탕 난리를 겪은 뒤 새 환자복으로 갈아입고 자리에 누웠다. 내가 어둠 속에서 보이지 않는 병실 천장만 노려보자 소리 죽여 닦달하던 엄마도 이내 입을 다물었다.

다음날 골수검사 결과는 역시나였고, 의료보험공단에 승인 신청 넣는 일이며 이식 전 검사, 중심정맥관을 다시 박는 수술 일정들까지 줄줄이 스케줄이 잡혔다. 저녁 식사가 나왔는 데도 벽만 쏘아보는 나를 엄마가 시한폭탄이라도 보듯 조심조심 살폈다.

"엄마, 나 부탁이 있는데."

불쑥 던진 말에 엄마가 반색을 했다.

"그래, 말해봐."

"라면 먹고 싶어, 김치랑."

"라면, 김치……."

목소리가 커지다 말고 엄마가 말을 삼켰다.

"병원에서 라면 끓이기 어려운 거 아니까 컵라면 사다 뜨거운 물 부어줘도 돼. 앞으로도 오랫동안 못 먹을 테니까, 김치도 같이."

예전 같으면 "둘 다 안 되는 품목이잖아!" 하고 단박에 잘랐을 엄마가 아무 말없이 병실을 나갔다. 컵라면 용기가 좋지 않건 말건, 날김치를 먹고 탈이 나건 말건, 될 대로 되라는 심정도 있었다. 엄마는 뜻밖에 컵라면을 두 개나 사다 물을 부어 와, 하나는 내게 주고 하나는 자기가 든 채 보호자 침상에 앉았다. 환자 옆에서 보호자가 식사를 못하게 되어 있는 항암 병실 규정을 엄마가 어기는 건 처음이다. 게다가 위장병 때문에 평소 입에도 대지 않던 라면을.

엄마는 할 말을 가득 담은 눈으로 나를 한참 바라보다 말고, 통통 불은 면발을 급히 입속에 밀어넣기 시작했다. 김이 모락모락 오르는 컵라면 그릇을 얼굴에 지나치리만큼 가까이 대고 있는 게, 김에 눈물이라도 감추는 모양이다. 나는 남은 국물을 입에 왈칵 쏟아부었다. 입천장이며 목구멍이 화끈화끈했다.

중심정맥관 수술을 다시 한 뒤, 무균실로 옮겨가는 일만 남았을 때 엄마한테 부탁을 했다.

"정원에? 가기 복잡한데. 두 층이나 내려가야지. 복도 끝까지 가서 밖으로 나가서도 건물을 한참 돌아가야 돼. 너 마스크 쓰는 거 싫어하잖아?"

"쓸게."

"갔다오면 소독도 다시……."

"할게. 걱정하지 마."

물음표 그려진 눈으로 나를 보던 엄마가 단념한 듯 겉옷을 꺼내주었다. 지금 감염이라도 되면 골수 이식 일정이 한없이 미뤄진다는 것 정도는 나도 알고 있다.

"엄마, 솔직히 말해봐요. 지난봄에 무균실 있을 때 중간 계산 한다고 나갔다 온 적 두 번인가 있잖아. 그때 원무과만 갔다온 거 아니지?"

엄마가 생뚱맞게 무슨 소리냐는 표정을 지었다. 우리는 링거대를 천천히 밀며 병원 복도를 지나갔다.

"어떤 냄새 같은 게 묻어왔어. 바람 냄새? 나무 냄새? 뭐, 그런 거. 약 냄새 탓에 희미했지만 분명히 섞여 있었어. 그때 저기 갔다 왔던 거 아니야?"

"놀랍네. 수술복 갈아입고 죄 소독하고 들어갔는데 어떻게 맡았지? 인간이 아니라 개과였나?"

나는 그저 일상의 무심한 이야기를 하듯 가볍게 말을 던졌고, 엄마도 미리 약속이라도 한 듯 장단을 맞춰주었다.

“내가 냄새와 소리에 민감할 대로 민감했을 때니까.”

“그래도 그렇지. 신기하네.”

“그러게 실토하시라니까.”

“그래! 햇살나눔 정원에 들렀다 갔다. 왜, 배 아파?”

“치, 아들은 죽느니 사느니 하는데 엄마 혼자 나무 보고 힘 받고 왔단 말이죠? 치사하게.”

“그뿐이냐? 너 못 먹고 토하기만 하는데 엄마는 화장실까지 들어가 숨어서 먹었잖아. 왜, 또 한번 갈궈보시지?”

“아, 맞다! 그때 엄마, 얼마나 미웠다고요. 자식은 다 죽어가는데 엄마는 음식물이 넘어가대요?”

엄마가 갑자기 걸음을 멈추었다. 어깨까지 들썩이며 숨을 길게 쉬더니 얼굴빛이 진지해졌다.

“미안하다. 너한테 자꾸 견디라고만 했던 거, 자꾸 먹이려고만 했던 거 미안해. 어떻게든 입으로 음식이 들어가야 살 수 있을 거라 생각해서 그런 건데, 넌 지독한 엄마라고만 생각했지? 내가 해줄 수 있는 게 그거밖에 없어서 그런 건데, 네가 더 힘들게 만들었으니 정말 미안하다.”

“왜 이러셔, 적응 안 되게. 난데없이 반성의 신이라도 강림하셨나?”

내가 우스갯소리로 말을 돌리려 했지만 엄마는 꿋꿋이 버텼다.

"실은, 네가 아프기 시작한 뒤로 엄마 마음은 언제나 바늘방석이었어. 오늘은 별일 없으려나, 이번에는 무사히 지나가려나. 신경의 촉수는 너한테만 가 있고, 인플루엔자니 홍역이니 전염병 돈다는 얘기만 들어도 가슴이 철렁. 하루하루가 살얼음판 걷는 거 같았어."

나도 그랬다. 해마다 독감이니 바이러스에 감염돼 병원에 올 때면 이번에도 무사히 견딜 수 있을까 불안했고, 제발 다음에는 나 좀 빼고 지나가길 빌었다. 심지어 병실 들어오는 의사나 간호사 몸에 붙어 있던 세균이 내게 옮겨오면 어떡하나 걱정까지 했었다.

"무균실에 있을 때는 불안감이 증폭되니까 너나 나 자신을 더 몰아세웠던 거 같애. ……그래도 고마워, 잘 견뎌줘서. 죽을 고비 두 번씩이나 넘기면서도 이겨 내서 고마워. 네가 견뎌줬기 때문에 엄마도 견딜 수 있었어."

엄마답지 않게 속내를 드러내니 뭐라 할 말이 없었다. 진지 모드로 길게 털어놓으니 당혹스럽기도 했다.

"생각하고 싶지도 않지만, 다시는 일어나도 안 되겠지만 만약에, 만약에…… 또 그런 일 생긴다면 이번에도…… 잘 버텨줄 거지?"

대꾸 없이 걸음을 빨리해 병원 건물 밖으로 나왔다.

마스크를 벗자 청명한 늦가을 공기가 콧속으로 와락 밀려들었

다. 그 속에 정원 냄새도 훅 끼쳐왔다. 축축하고도 상큼하고 고요
하면서도 서늘한. 이제까지의 밝은 빛이며 온기, 소란스러웠던 병
원 안의 모든 것과 대비되는 어둡고 설렁하고 고즈넉한 정원. 하늘
에 낮게 걸린 달이 나무들의 빈 가지를 비추고 덤불에서는 벌레가
울었다. 정원 곳곳에 낙엽이 이불처럼 수북이 쌓여 있다. 발 밑에
서 나뭇잎들이 사박사박 소리를 냈다. 잎을 거의 떨군 단풍나무 맨
가지가 바람에 가늘게 흔들렸다. 내 가슴에도 바람이 불었다.

왕벚나무와 소나무 사이를 지나 아래쪽에 있는 버드나무에 지난
여름에는 보지 못했던 팻말이 달려 있었다. 달빛에 비춰 보니 '용
버드나무' 라고 씌어 있다. 나무줄기가 달빛 아래 용 비늘처럼 하얗
게 반짝거린다. 엄마가 둥치를 어루만지며 말했다.

"오래전엔 여기가 강이었을지도 몰라. 버드나무는 원래 물가에
자라는 나무거든. 이리 굵은 걸 보면 꽤 오랜 세월 여기 살았겠는
걸."

제법 굵직한 용의 맨몸을 살살 쓸어보는데 움푹 파인 곳이 잡혔
다. 지난번에는 보지 못했던 거다. 누군가 날카로운 걸로 일부러
파낸 자국인지, 병이 난 흔적인지 알 수 없었다. 나무는 그 상처를
껍질로 다시 뒤덮으며 치유하고 있었다. 거기에 가만히 귀를 대고
기대보았다. 나지막한 울림 같은 게 귓바퀴로 전해져왔다. 그건,
살아서 고동치는 숨결 같은 거였다. 몸은 땅에 붙박여 있어도 물과

바람과 공기를 한껏 들이마시고, 다시 세상으로 내보내는 나무. 결국엔 죽음을 향해 가지만 살아 있는 동안은 최선을 다하는 생명. 이 나무도, 나도 지금 살아 있지만 결국 죽음을 향해 간다. 삶이란 늘 죽음과 함께하기 때문에 더 새롭고 빛나는 것인지도 모른다. 그래서 더욱 열심히 살아야 하는 건지도. 나는 이제 죽음과 날카롭게 맞닥뜨렸던 곳, 무균실에 또 들어간다. 거기서 다시금 바닥까지 내려가겠지만 내 삶은 새롭게 튀어올라 또다시 시작될 것이다.

"그만 들어가자. 밤바람이 차다."

"엄마, 한 사람에게 할당되는 행복의 총량이 동일하다면, 몇 년 뒤부터 내 인생에는 고통이 없겠지?"

"그렇……겠지. 아니, 그럴 거야."

국어선생님이 그랬다. 우리 삶에서 빼앗기는 게 있다면 그만큼 받는 것도 있을 거라고. 누구에게나 그 총량은 같을 거라고.

"나, 이번에 이식하고 병 나으면 온갖 거 다 할 테니까 말리지 마요."

"은근 기대되네. 뭘 하려고?"

"일단 귀를 뚫고, 어깨에는 새 모양 문신을 하고, 파마에 빨간 염색도 하고. 몸짱 돼서 멋진 옷도 입고, 종일 뛰어다니고……."

"겨우 그거야?"

"못 먹었던 것들도 실컷 먹을 거야. 도로 살아날 듯 싱싱한 생선

회, 상추에 싼 숯불구이 삼겹살, 혀가 아릴 만치 맵고 뜨거운 해물찜, 아삭아삭 씹히는 빨간 김치, 그리고 과일에다가……."

"그래그래, 물리도록 맛있는 거 잔뜩 사주고 만들어줄게."

하지만 엄마표 음식 실컷 먹는 것도, 축구도, 여행도, 올드 트래퍼드 경기장에 가는 것도, 발칸산맥도, 히말라야 무스탕 원정도 또다시 미뤄야만 하겠지. 그러나 나중으로 미루지 않아도 되는 것도 있다.

"그리고 여친도 사귈 거야, 적극적으로. 그렇게 하고 싶은 거 맘껏 하고 최대한 즐겁게 살 거야. 지나간 시간들에 보란 듯이. 그러니까 엄마도 그러시라고. 나 때문에 그만둔 학원도 다시 나가고, 엄마 좋아하는 여행도 가고, 하고 싶은 것들 하시라고."

멋들어지게 말하고 싶었는데 아쉬웠다. 하지만 진심이다. 나나 엄마나 언젠간 죽음과 만날 거고, 어쩌면 그게 내일일지도 모른다. 엄마한테도 자신의 삶이 있는데, 내게만 매달려 살다 죽음이라도 찾아온다면 많이 아쉽고 서러울 거다. 눈물이라도 솟구친 건지 엄마가 코맹맹이 소리로 가만히 말했다.

"안 그래도 너 완치되면 얼마든지 그럴 작정이다."

"아니, 지금부터 그러시라고. 나 이번엔 무균실에 혼자 들어갈 거니까 그동안 엄마 일 하셔. 내 병원비 대려면 돈도 많이 벌어야 한다며? 골수 또 빼주면 형도 돌봐줘야 할 테고."

지난번엔 엄마가 나와 같이 무균실에 있느라 형은 입원해서도 내내 혼자 있었다. 어쨌든 나는 또 한번 형의 골수를 빌려 내 삶을 이어가볼 작정이다.

"그래도……, 그 힘든 걸 어떻게 혼자……."

"어차피 겪어야 할 일이고, 엄마가 같이 있다고 고통이 덜한 건 아닐 테니까."

"먹는 것 기록이며, 대소변 양 체크하는 거며, 구토하면 비닐에 묶어 저울에 일일이 재야 하는데……."

"먹는 건 거의 못 먹을 테니 적을 것도 없고, 나머지는 해보지 뭐. 힘들면 간호사한테 부탁하든지."

"설사할 때마다 잘 씻어야 하고, 귀찮아도 이는 꼭 닦아야 하고, 가글도……."

"그만! 알았다고요! 엄마도 루미 엄마한테 감염이라도 됐수? 잔소리 마녀가 됐네."

"뭐어?"

엄마가 어이없다는 듯 웃는 걸로 걱정 어린 당부를 끝냈고, 나는 일부러 허세를 부렸다.

"아! 드디어 무균실에서 혼자 살아볼 수 있겠네. 독립심 엄청 강해지겠는걸."

나야말로 병이라는 핑계로 그동안 엄마의 옷자락을 내내 움켜쥐고 있던 거 같다. 내가 먼저 그 옷자락을 내려놓을 때가 되었다. 그리고 엄마를 자기 삶을 가진 한 인간으로 인정해주기, 나처럼 하고 싶은 것 많고 그걸 꿈꾸는, 욕망을 가진 존재로 인정하기.

"네 마음이 그렇게 확고하다면 엄마는 밖에서 대기할게. 너도 한 가지만 약속해."

"뭐든지."

"음식을 많이 안 먹어도 이어주는 게 중요하다는 건 알지? 소화기관마저 막히지 않으려면 물이라도 꼭 마셔야 해. 아무리 속에서 안 받더라도, 조금이라도."

"그럴게. 어떻게든 잘 견뎌내고 걸어서 나올게. 견디지 못하면 죽기밖에 더하겠어?"

마지막 말은 입속으로만 했다. 어쩌면 이번에야말로 나는 죽음과 손을 잡게 될지도 모른다. 하지만 최선을 다했어도 안 되면 어쩔 수 없는 일 아닌가. 까마득한 벼랑 끝에서 죽음을 바라본 여행작가의 말처럼, 죽음과 삶의 경계라는 건 한발을 어떻게 내딛느냐에 따라 달라질 수 있는 거니까.

"강이야."

"엄마, 그전에 해결할 게 있어. 나, 지금 주치의 맘에 안 들어. 바꾸고 싶어."

"엄마도 그렇긴 한데, 우리 맘대로 바꿔라 마라 할 수 있는 것도 아니고."

"담당 교수님한테 말할 거야, 그 주치의 싫다고. 지난번 이식할 때 맡았던 선생님이나 다른 분으로 바꿔달라고."

"네가?"

"내가 직접 말할 거야. 그 의사랑 나는 호흡이 맞지 않는 거 같아. 잘 맞는 의사랑 같이해야 고통을 이겨내기도 쉬울 거 같다고. 직접적인 치료보다 따뜻한 말 한마디로 환자를 위로할 줄 아는 의사가 나는 좋고, 회복에도 훨씬 도움 될 거 같다고. 다 말할 거야."

엄마가 낯선 사람이라도 보듯 물끄러미 나를 바라보았다.

"……아들은 어느 순간 커버려 엄마 손이 닿지 않는 곳으로 가버린다더니. 나는 이제 뭘 하나? 강이 말처럼 산이하고나 놀까. 안 그래도 산이한테 미안하던 참인데. 산이 퇴원하면 둘이 가까운 데 여행이나 다녀올까보다."

'아무리 그래도 내가 무균실에 있는데 여행은 심하지!'

내 마음속에서 맴도는 말과 입 밖으로 나온 말은 전혀 달랐다.

"그러시든지."

무균실로 옮겨가기 전날 루미 엄마가 찾아왔다.

"강이야."

루미 엄마 얼굴이 한결 생기가 돌고 밝아졌다. 어딘가 편안해진 눈동자 가득 안타까움이 담겨 있었다.

"우리 집 왔다 이렇게 된 거 같아 미안해 전화도 못했어. 아저씨도 많이 미안해하셔."

그때 꼬마 도깨비처럼, 복도 모퉁이에서 키 작은 남자애가 톡 튀어나왔다.

"엄마, 이 형아는 누구야?"

"으응, 누나 이 병원에 있을 때 같이 있던 형아. 얘는 루미 동생이야, 알지?"

"예, 알아요. 루운이? 여섯 살?"

꼬마가 나를 보고 고개를 까닥까닥했다. 꼭 루미 같다. 꼭두각시 목각인형.

나를 빤히 올려다보며 꼬마가 물었다.

"형아는 여기 있는데 왜 누나는 없어?"

"그건……, 누나는…… 먼 데 갔기 때문이야……. 아주 먼 데……."

루미 엄마 눈이 살짝 붉어졌다.

"어디?"

"여기 말고 또 다른 세상. 누나는 거기서 잘 지내다가 이다음에, 이다음에 루운이랑 다시 만날 거야."

루미 엄마 대신 내가 대답했다. 루미 엄마가 재빨리 눈물을 닦더니 고맙다는 눈짓을 했다.

"몇 밤 자면 돼?"

"으음, 이만큼! 하늘만큼 땅만큼!"

"아휴! 아직도 많이 남았네."

꼬마가 팔랑 돌아서더니 복도 쪽으로 쪼르르 달려갔다.

"강이는 동생 있었으면 잘 돌봐줬을 거 같애."

"루미도 그러던데요, 뭐."

"아니야, 아직 어려서인지 자주 싸웠어. 나한테 혼도 많이 났지, 누나인 탓에. 그런 거 생각하면 루미한테 참 미안해. 처음 아기 낳아 뭐가 뭔지도 모르고 엄마가 되었으니 서툰 것 천지였거든. 어설프게 엄마 흉내만 내고 야단 치고 따뜻한 말 한마디 못해주고."

"우리 엄마도 형한테 미안하단 말 가끔 해요. 철부지였을 때 아무 준비 없이 낳아 키우다보니 부족한 게 많았다고. 처음 낳은 자식이라 부모 연습을 해본 적 없어 실수투성이였다고. 그래도 저는 동생이라 혜택받은 거라고요."

문득 내 말투가 꼭 엄마 같았다는 걸 깨닫고 속으로 피식 웃었다. 엄마는 내가 무균실에 갖고 들어갈 짐을 챙긴다고 집에 다니러 간 참이다.

"그래? 강이 엄마도 그러신단 말이야? 뜻밖이네. 난 강이 엄마가 부럽기만 한데. 너처럼 반듯한 아들도 있고."

“뭘요, 루운이도 아주 똘똘해 뵈던걸요.”

민망해서 말을 돌렸다. 루미 엄마 얼굴에 희미한 웃음이 스치고 예전처럼 해사하던 얼굴빛이 살짝 드러났다. 그때와 다르게 무언가 깊어진 분위기도 느껴졌다. 견디기 힘들었던 자기 안의 장애물을 극복해낸 사람의 차분함 같은 걸까.

“참, 이것 좀 먹어볼래?”

루미 엄마가 도시락을 휴게실 탁자 위에 펼쳤다.

“……스파게티네요.”

“오랜만에 만들어봤어. 루미가 좋아하던 음식이야. 면 따로 소스 따로 갖고 오긴 했지만 아무래도 좀 불었을 거야.”

홍합과 모시조개까지 듬뿍 얹힌 토마토소스 스파게티가 빛깔만으로도 먹음직스러웠다.

“해산물 스파게티를 얼마나 좋아했는지. 이다음에 이탈리아 바닷가로 시집보내야겠다고 놀리기도 했지. 루미 덕에 요리 못하는 나도 이것만은 자신 있거든. 수산시장에 가서 조개도 싱싱한 걸로 사다 넣었어.”

“잘 먹겠습니다.”

지금 내게는 금지 품목인 해산물도, 병동 휴게실에서는 식사를 못하게 되어 있는 규정도 신경 쓰이지 않았다. 나는 포크에 면을 둘둘 말았다. 입가에 묻은 토마토소스를 혀로 핥아먹던 루미 모습이 스쳐갔다.

"강이야, 그때 네가 접어준 종이학들은 루미와 함께 보냈단다. 잘했지?"

"루미를 보냈다는 게……."

"집에 있던 유골을 그 애 생일날 시골 할머니네 뒷마당에 묻어줬어. 종이학들도 같이 태워서. 글쎄 꺼내보니 한줌도 안 되더구나. 그리 가벼운 몸이었으니 새처럼 훌훌 갈 수 있겠지."

스파게티 면이 내 목에 덜컥 걸렸다. 캑캑 기침을 하자 루미 엄마가 물잔을 내밀었다. 물을 들이켜자 가슴속까지 서늘해졌다.

"루미 뼛가루가 집에 있었다고요?"

"처음에는 납골당에 보내려고 갔는데 차마 두고 올 수가 없어 내가 고집 부려 다시 데려왔어. 유골이라도 제 방에 두면 그 애가 돌아올 것도 같았고."

"그럼 생일날 땅에 묻힐 때까지 루미 방에 있었다는 건가요?"

"그래. 내가 납골당은 안 되겠다니까, 루미 할머니가 감나무 밑에 묻어주자고, 루미 들어간 흙이 거름돼서 감 열리면 식구들도 먹고 새들도 날아와 따 먹을 테니 좋지 않겠냐고 권하셔서 그렇게 했단다."

휴우, 하고 숨을 내쉬었다. 나도 모르게 흡 들이켜진 바람이 그제야 몸을 통과해 서서히 빠져나갔다.

“흙 만지는 거 좋아했으니까 흙속에 묻히는 것도 좋아했을 거예요.”

“그렇게 생각하니? 나도 그래. 할머니가 늘 지켜봐주실 테니 외롭지도 않을 테고.”

“루미는…… 가야 할 곳으로 잘 갔겠죠?”

루미 엄마가 멈칫하더니 천천히 고개를 들었다. 그 눈은 나를 너머 어딘가를 보고 있었다.

“그렇겠지. 제 갈 곳으로 갔겠지. 잘된 거지.”

말은 잘됐다고 하면서도 얼굴은 어쩐지 쓸쓸해 보였다.

“루미가 날고 싶다 했다면서? 지난번 너 다녀간 뒤 아저씨가 그러더라. 유골까지 붙들고 놓아주지 않는 엄마의 집착이 그 애를 편히 못 가고 고통받게 하는 거라고. 생각해 보니까 맞는 말 같아. 내 눈에 보여도 한발 다가가면 꼭 그만큼 물러나고, 머리라도 빗기고 싶어 다가서면 또 물러나고, 안아주려고 손을 내밀면 가뭇없이 사라지고. 그토록 내가 가까이 가지 못하게 하더니, 저를 그만 보내달라는 신호였나봐.”

루미가 잠시나마 이승과 저승 사이에서 표류했던 건, 떠나도 된다는 엄마의 허락을 기다렸던 것일까, 아니면 고통의 터널을 다시 지나야 하는 내게 힘내라는 말을 전하고 싶어서였을까.

“나도 이제야 알겠구나. 죽은 아이한테 해줄 수 있는 최선은 엄마의 사랑을 전하고 작별인사를 하고 놓아주는 거라는 걸.”

루미 엄마 얼굴이 쓸쓸하면서도 평온해 보였다. 자신을 짓누르던 원망이며 죄책감을 다 풀어낸 홀가분함, 상처를 딛고 일어선 사람의 힘 같은 것도 묻어났다.

“딸을 잃었지만, 우리가 함께한 세월은 고스란히 남아 있다는 걸 이젠 알아. 그 애가 태어났을 때의 신기함, 웃을 때의 표정, 손을 잡았을 때의 감촉, 엄마를 부를 때 그 목소리……. 이제는 그런 이야기를 할 수가 있어.”

이제야말로 루미 엄마가 ‘엄마’ 같았다. 사랑하는 아이를 갑자기 영원히 잃은 걸 현실로 받아들이기에는 시간이 필요하다는 것도 이제 알 것 같다. 그 시간은 고통을 요구한다는 것도. 그러나 한편 그 고통의 시간이 루미 엄마 마음을 성숙시켰는지도 모른다. 고통은 사람을 성장시킨다. 아픔은 늘 새롭고 그 순간은 죽을 만큼 괴롭지만, 겪는 만큼 사람은 또 앞으로 나아가게 되는 거니까.

병원 복도를 뛰어다니던 루운이는 어느새 제 엄마 옆 긴 의자에서 잠이 들었다. 그 얼굴을 가만가만 쓰다듬던 루미 엄마가 꼬마 손에 쥔 물건을 살그머니 빼냈다.

“표현은 못해도 누나가 많이 보고 싶은가봐. 이걸 손에서 놓지 않는 걸 보면.”

흙으로 빚은 작은 새였다. 조그만 몸에 여린 깃털 하나, 동그란 눈 하나까지 세밀하게 긁어내고 다듬은 흔적이 보였다. 볼수록 마음 다해 만든 작품 같았다.

"루미 입원하기 직전에 빚은 거야."

"대단하네요!"

"멋지지? 이 새, 실은 네 거야. 루미가 떠나면서 강이 오빠 전해 주라고 했는데, 운이가 너무 좋아해서 뺏을 수가 없었어."

루미 엄마 손바닥 위의 새는 얼마나 만져 댔는지 반질반질 윤까지 났다.

"너무 늦게 줘서 미안해. 내 사과까지 함께 받아줄래?"

"사과는요, 무슨."

"실은, 죽은 애가 우리 딸이 아니고 보라나 너였으면, 하는 생각 여러 번 했거든. 미안하지만 사실이야."

"……."

"너희들만 살아 있다는 게 너무 샘이 났어. 다들 잘 회복되고 있는데 루미만 잘못되니까."

"그런 생각, 누구라도 할 거예요. 우리 엄마였어도."

"너 재발했단 소식 듣고, 내가 그런 마음을 먹는 바람에 이렇게 된 건 아닌가 싶어서……. 너무 미안해서……."

가만히 고개를 저었다. 어차피 나는 지난 5년간 죽음과 등을 맞댄 채 살아왔다. 그걸 똑바로 바라보지 못했을 뿐이다. 이제부터라도 매 순간 죽음이라는 것을 응시하며 살아보려고 한다. 순간순간 삶이 더 가치 있고 소중해지겠지. 인생이 내게 요구하는 것도 그만큼 늘어났다. 다시금 세상과 만날 날을 위해 숨 고르기를 더 하라는 것. 전에는 내 '꿈꾸는 일들'도 그야말로 꿈으로 그칠 거라 생각했지만, 이제는 알겠다. 내가 먼저 발을 내딛지 않으면 절대 꿈이 앞서 다가와주지는 않는다는 것. 손가락으로 여행 지도만을 그릴 게 아니라, 몸과 마음을 늘 준비시켜 두어야만 언젠가 날개를 펼쳐 날 수 있다는 것을.

"강이야, 루미한테 잘해준 거 정말 고마워."

"제가 뭘요."

"사람은 자기도 모르는 사이 누군가를 돕기도 하고, 다른 이의 마음에 깊이 새겨지기도 하는 거야. 루미한테는 네가 그런 사람이었나봐. 너 퇴원한 뒤로 네 얘기만 했어. 병원 생활 노하우도 이것저것 가르쳐주고, 약 삼키고 토하지 않는 비법도 알려줬다고……. 둘이 어디어디 갔다왔는데 그건 비밀이라나. ……그래서 우리 딸이 널 마음에 담고 갔는지도 몰라. 어쩌면 네 덕에 덜 외롭게 떠날 수 있었는지도."

루미 엄마가 작은 새를 다시 내밀었다.

"루운이가 서운해할 텐데."

"아, 운이한테는 새로 만들어 줄거야. 나 흙공방에 다니기 시작했거든. 루미 마음을 비로소 알 거 같더라. 보드랍고 물컹한 흙 만질 때마다 이런 기분이었겠구나, 우리 딸도……. 참 얼마나 늦된 엄마인지."

쌕쌕 숨소리를 내는 루운이한테 눈길을 한번 주고는 그걸 받아들었다. 작은 새가 손에 놓이는 순간 뭐라 설명할 수 없는 따스한 기운이 내 안으로 스몄다.

"잘 간직할게요."

병원 앞 횡단보도까지 두 사람을 배웅했다. 루운이는 두 손으로 "형아! 바이바이!" 하고는 제 엄마 손에 이끌려 멀어져갔다. 작아지는 두 사람 머리 위로 몇 안 남은 가로수 은행잎들이 늦가을 햇빛 속에 반짝거렸다. 작디작은 새들이 앉아 하늘하늘 날개라도 쉬고 있는 거 같았다.

"루미야, 오빠는 무균실에 다시 들어가. 이번에야말로 엄마한테 기대지 않고 혼자 온전히 겪어내려고 해. 순간순간 잘 견뎌볼 테니까 너도 응원해주지 않을래?"

대답이라도 하듯 나뭇가지에서 새 한 마리가 날아올랐다. 작은 새라고 생각했는데 날개를 펼치니 내 눈앞 하늘을 가릴 만큼 커다랬다. 환한 햇살에 반사된 날개는 맑은 영혼처럼 하얗게 빛났다. 커다란 새가 춤추듯 날개를 너울거리며 내 머리 위를 한 바퀴 빙

돌았다. 그러더니 하늘로, 높은 하늘로 사라져갔다. 먼 하늘에 구름 지나간 자리처럼 흔적만 남았다. 바라보아도 바라보아도 싫증 나지 않는 높고 파란 하늘이었다.

삶과 죽음의 경계를 여행하는 이들에게

"재발이네요."

순간 세상이 내 앞에서 무너져내렸다.

아들의 기나긴 투병과 골수이식, 회복을 위한 분투에서 벗어나는 날만 바라며 살았는데 도로 원점이라니. 하늘이 원망스럽고 세상이 미웠다. 길을 걷다가도 불쑥 화가 나고 수영장 물속에서도 눈물이 났다.

절망에 빠져 허우적거리는 엄마보다 앞서 현실을 받아들이고 꿋꿋해진 건 아들이었다. 학교 측에서 위험하다고 막는 축제며 수련회 등에 기어이 참가했고, '무슨 일이 벌어지더라도 학교 측에 책임을 묻지 않겠다.'는 각서 쓰기를 마다하지 않았다. 여럿이 같이하는 조별 수행평가도 끝까지 해냈고, 몸담고 있던 힙합 동아리 활동에 더 적극 뛰어들어 랩 가사를 쓰고 앨범 제작까지 마무리한 뒤에야 학교를 그만두었다.

차라리 죽고 싶다며 울부짖던 아들이 제 현실과 마주서고, 입원 전까지 일상에 최선을 다하는 모습은 눈물겨웠다. 그 애를 보며 아픔이 크면 견디는 힘도 그만큼 강해진다는 것을 배웠다. 내 앞에서 모든 문이 닫힐 때 다른 길 하나가 열린다는 것, 절망은 희망의 다른 이름일 수도 있다는 것을.

뒤늦게 정신을 차린 나는 깊이 묻어뒀던 원고를 꺼냈다. 2년 전 아들의 첫 번째 골수 이식 후 쓰기 시작했으나 끝맺지 못한 글이었다. 이걸 틈틈이 다시 썼다. 절망을 딛고 일어서기, 그리고 투병이라는 '여행'을 거치며 재발견하는 삶과 죽음에 대한 이야기를 해보고 싶었다.

삶이란 어쩌면 죽음과 등을 맞대고 공존하기 때문에 더 빛나고 소중한 것인지도 모른다. 그래서 더 열심히 더 최선을 다해 살아야 한다는 것을, 미안한 말이지만 죽음의 문턱을 넘나든 아들과 안타깝게 삶을 일찍 마쳐버린 병원의 아이들을 보며 배웠다.

지금도 병원의 혈액종양 병동과 무균 병실에서는 많은 어린이, 청소년들이 자신의 일상을 반납한 채 신체의 바닥, 정신의 바닥까지 내려가는 극한 체험을 하고 있다. 누군가는 순조롭게 퇴원을 하고, 누군가는 몇 달째 그곳에서 탈출 못하기도 하고, 또 누군가는 결국 삶을 마치기도 한다. 실제로 아들과 무균 병동에 같이 있던 아이들 중 몇은 이미 이 세상 사람이 아니다.

개인적 체험에 바탕을 두긴 했지만, 이 소설에 나오는 사람들은 이야기 속에서 새롭게 만들어진 인물들이다. 그럼에도 글을 쓰며 여러 번 눈물이 났음을 고백한다. 이 소설이 오랜 시간 병마와 친구처럼 지내야만 하는 아이들에게 조금이나마 위로와 용기를 줄 수 있다면 좋겠다. 힘내라는 말, 병보다 정작 힘든 것은 그 앞에서 주저앉는 마음이라는 말도 해주고 싶다. 마음이 먼저 포기하지 않으면 몸도 쉽게 무너지지 않는다는, 상투적인 격려나마 그 애들에게 가 닿기를 바란다. 병을 앓지 않는 친구들한테도, 일상의 평범한 일들 누리며 살아가는 게 얼마나 소중한 행복인지를 이 책이 한번쯤 생각해보게 한다면 참 고맙겠다.

오랜만에 글을 썼고 책을 낸다. 이유야 어찌 됐든 많이 게을렀고 부끄럽다. 다시 글을 쓰게 되어 행복하고, 책으로까지 나오게 되니 기쁜 마음 한가득이다. 오랫동안 마음의 빚으로만 남아 있던 모든 분들께, 또 아들의 투병을 지켜봐주고 관심 가져주는 많은 분들께, 늦었지만 인사 드린다. 세상은 혼자 사는 게 아니라는 걸 깨닫게 해주서서 고맙다는 인사도 같이 드리고 싶다.

두 번째 이식 후 아직 외출도 못하고 집에 갇혀 살지만 앞날에 대한 희망을 잃지 않는 꿋꿋한 완이, 아픈 동생한테 치인 청소년기를 보낼 때도 두 번이나 골수를 빼주는 힘든 일을 감당하면서도 늘 씩씩한 별이, 그리고 7년여 투병 과정을 함께해온 식구들한테 사랑한다는 말을 하고 싶다. 유방암 투병 중인 동생한테도 힘내라는 말 전한다.

잠시나마 몸과 마음을 기대게 해준 토지문화관에도, 체험에 짓눌려 소설과 병상일기 사이에서 헤매는 내게 조언을 아끼지 않은 분들과 이 소설을 읽어줄 모든 분들께도 진심으로 감사 인사 전한다.

유난히 춥고 혹독했던 겨울 끝자락에